Contents

The Witch who became queen is doted on by Five Princes.

序章

北の森には恐ろしい魔女が棲《す》んでいる……王国にはそんな言い伝えがある。

「ああ……ドキドキします。今夜は王妃様と王子殿下にお会いできるのですね」

一人の少女がそう囁《ささや》いた。

秋の気配が訪れ始めたこの夜、リンデンツ王国の王宮では、貴族の子女を集めた煌《きら》びやかな夜会が催されている。その大広間の一角に、初めて王宮に上がる少女がいた。

少女が初めての王宮に緊張と興奮をあらわにしていると、少し年上の令嬢たちが五人ばかり近づいてきた。

「あなた、王宮へ上がるのは初めてなのだそうですね」

「はい、父に初めて連れてきてもらいました」

キラキラと瞳を輝かせる少女に、五人の令嬢たちは含みのある笑みを浮かべる。

「可愛《かわい》らしいこと。ところで……王妃様の噂《うわさ》はご存じ？」

「え？　いえ、不勉強で申し訳ありません」

「ふふふ……では教えて差し上げますね。王妃様はたいそう恐ろしいお方ですから、何も知らないあなたが不用意に近づいて、怖い思いをしてはいけませんもの」

「まあ……王妃様はそんなに恐ろしいお方なのですか？」

少女は不安に表情を曇らせる。令嬢たちは重々しく頷《うなず》いた。

「ええ、このリンデンツの王妃様は……魔女なのです」

「ええ？　魔女……？　な、何かの冗談ですか？」

「いいえ、王妃様は正真正銘の魔女なのです。十年前、先代の王妃様が不幸にも病《やまい》でお亡くなりになったことはご存じ？」

「はい、もちろん知っています。王妃様を心から愛していらした国王陛下は、たいそう悲しまれたとか……」

「そうなのですわ。次の妃《きさき》はいらぬと、傷心の陛下はおっしゃっていたそうですの。けれど、わずか三か月後、陛下は新たな王妃様をお迎えになりましたわ。先代の王妃様との間には五人もの王子殿下がいらしたのに……」

その言葉を聞き、若さゆえの潔癖さが少女の顔を曇らせる。

「けれどその真相は恐るべきものでしたわ。新しい王妃となった方は……恐ろしい力を持つ魔女だったんですのよ。森の奥深くに棲みつき、王国に幾度もの災いをもたらしてきたという恐ろしい怪物……北の森の魔女と、人は彼女を呼ぶそうですわ」

「北の森の魔女……!? あの、言い伝えに出てくる？」

「ええ、北の森の魔女は実在するのですわ。かの魔女は十年前この王宮に現れ、恐ろしい魔術で国王陛下や王子殿下を洗脳したんですのよ。そして王妃の座に収まり、王宮を我が物にしようと企《たくら》んでいるのだとか……人前にはめったに姿を現すことがなく、十年のあいだ王宮の奥で日夜恐ろしい魔術を使っているのだと聞きますわ」

「なんて恐ろしい……そんな話、信じられませんわ」

少女は真っ青になって震えた。

「ええ、わたくしたちも信じたくはありませんのよ。聡明《そうめい》な王子殿下が魔女に操られているなんて……けれど考えてもみてくださる？　王子殿下はみなさまもう年頃ですわ。それなのに、未《いま》だ一人も妃がいないというのもおかしな話……それも全て、王子殿下を意のままに操ろうという魔女の企みに違いないと父は言っていましたわ」

「ああ……なんということでしょう……」

少女が怯《おび》えながらそう囁いた時、大広間の空気が変わった。

華やかなファンファーレが鳴り響き、大広間に設《しつら》えられた大階段から、五人の若者が下りてくる。

現れたのは、この王国の行く末をいずれ担うであろう五人の王子たちだった。

大広間にピリリとした緊張が走る。夜会の招待客たちはずらりと並んで道を作り、礼をし、王子たちを出迎える。年若い乙女たちは優雅に礼をしながらも目の端で彼らを追い、ぽうっと頬を染める。

五人の王子は容姿こそ似ていないものの、いずれ劣らぬ美男子だった。

「やあ、よく集まってくれたね。今日は本当に喜ばしい日だ」

先頭にいた若者——リンデンツ王国の第二王子ランディが楽器に負けない華やかな声を発した。ランディはゼニスブルーの瞳に鮮やかなゴールデンブロンドの髪をした二十歳の若者で、一度見たら二度と視線を外せなくなりそうな艶《あで》やかさと美貌を持っていた。彼は王者のごとき風格と不思議な色気を滲《にじ》ませて周囲に笑いかける。

「みな、今日は特別な日だ。堅苦しいことはなしにしよう。好きにくつろいで楽しんでいってほしい」

その笑顔に、参列していた令嬢たちはうっとりと見入る。

「兄上、そんな後ろにいないでみなさんに挨拶したらどうだい？」

ランディは更に声を張り、五人の王子の最後尾にいた若者に声をかけた。

すると、ぼんやりしていた第一王子のオーウェンが前に歩いてきた。オーウェンはランディより三つ年上の二十三歳。弟のような華やかさこそ持ち合わせない樺色《かばいろ》の赤毛に灰緑の瞳を持つ若者だったが、よく見てみれば驚くほど均整の取れた彫像のごとき美男子である。

彼は弟の目の前まで来ると、軽く小首をかしげてみせた。

「なあ、ランディ。こんなくだらないことはさっさと終わらせてしまおう」

この場に何の関心もないという無感情な瞳が辺りを射る。

「今日は特別な日なんだから我慢しておくれよ、ね？」

ランディは退屈そうな兄の肩を抱き、光を振りまくような微笑《ほほえ》みを向けた。

途端、何故《なぜ》か周囲の令嬢たちが色めき立った。

「お前たちもだよ」

と、ランディは背後の弟たちに声をかける。

「分かっていますよ、兄上」

にこやかに答えたのは第三王子のルートだ。胡桃色《くるみいろ》の瞳が柔和に微笑み、淡い栗色《くりいろ》の髪がさらさらと上品になびく、見た目も声音も表情も全てが品よく優しそうな若者だ。歳《とし》は十八歳になる。優しさと温かさが全身から滲み出るような穏やかで柔らかい風情で、やはり整った綺麗《きれい》な顔立ちをしている。

「アーサー、お前も分かってるね？」

ランディがさらに聞くと――

「……今日じゃなければこんなところに来るものか。くそ……なんで俺がこんなところに……全員死に絶えろよ」

ルートから少し離れて立っていた第四王子のアーサーが、低い声で不愉快そうに答えた。彼も歳は十八で、アーサーの双子の弟だ。けれど外見はあまり似ておらず、髪も瞳も硬質なランプブラックで、表情は場違いなほどに険しい。背が高く目つきも鋭く、一見周囲に怖い印象を与えるが、兄たちと同じく整った容貌は精悍《せいかん》という言葉がよく似合う。

「アーサー、そういう言い方をしちゃいけないよ」

双子の兄が優しく弟をたしなめた――が、アーサーはますます目を鋭くしただけで何も答えようとしなかった。

「今日がどういう日だか分かっているだろう？」

「……うるせえ」

ぼそりと言われ、ルートはため息まじりに何か返そうとして――

「ねえ、つまんないこと言ってないで、さっさとやっちゃおうよ。今日の一番大事なことをさ」

甘い声に遮《さえぎ》られた。一番後ろにいた第五王子ジェリー・ビーが、腰に手を当てて呆《あき》れたように言ったのだ。十五歳の少年である。長いプラチナブロンドを後ろで一つに括《くく》り、大きなトパーズ色の瞳で兄たちを睨《にら》みつけている。天使のように愛らしい彼の顔立ちは中性的で、睨んでいるというのに麗しい姫君が拗《す》ねて甘えているようにも見えた。

「ああ、ジェリー・ビーの言う通りだな。今日みなさんにお集まりいただいたのは外《ほか》でもない。とても……大切な話があったからだ」

第二王子のランディが再び声を張り、美しい王子たちに見入る人々を見回した。彼らははっと我に返り、一体何事かと全身を緊張させる。

ランディはにこっと華やかな笑みを浮かべ、大広間の一角——初めて王宮に上がった少女と、その傍《そば》にいる令嬢たちに視線を据《す》えた。

「今夜はきみたちを招待するためにこの夜会を開いたのさ」

そう言って、ランディは彼女らに手を差し伸べる。

令嬢たちは喉の奥で小さく歓喜の声を上げ、感激に身を震わせる。

「嘘《うそ》……私たち、王子殿下のお目に留まったの!?」

小声ではしゃぐ令嬢たちを見て、ランディは差し出した手を引っ込め——パチンと指を鳴らした。

その合図が響くやいなや、広間に衛兵がなだれ込んできた。

突然のことに招待客たちは驚きの声を上げる。衛兵たちはその間を縫って駆けつけると、ランディの視線の先にいる五人の令嬢たちをたちまち捕らえてしまった。

「いや！　これはどういうことですの！」

令嬢たちは混乱して喚《わめ》く。

招待客たちもあまりの出来事に理解が追い付かず戸惑うばかりだ。

それを見て、ランディは悠然と微笑んだ。

「心当たりがない？　いいや、あるだろう？　きみらはこのリンデンツの王妃を……私たちの魔女を、貶《おとし》めた」

その言葉に、令嬢たちはさっと青ざめる。

「さっきまでずいぶん楽しそうにしてたらしいじゃないか。そういうことを、王都のあちこちでやっていると聞いたよ。悪い子だ。お仕置きが必要だね」

ランディは妖しい笑みを浮かべたまま告げる。

「そんな……私たち……そのようなことは……」

令嬢たちは涙を浮かべて訴える。

「きみらは立派な不敬罪《ふけいざい》だ。首を胴から切り離したところで問題はないけれど……それじゃあつまらないな」

恐ろしい言葉が王子から発せられたことに、招待客たちはざわついた。

「おゆ……お許しを……」

「大丈夫さ、安心したまえ。殺しはしないよ。殺しはね……ねえ、兄上」

と、背後の兄を見る。第一王子のオーウェンが虫を見るような色のない目で令嬢たちを観察する。

「……人体実験の実験台が欲しいと思っていたところなんだ。ちょうどいい」

「それは大変結構なことだ」

悠々と頷く王子に、令嬢たちは恐慌状態に陥った。

「だ、誰か……助けて……！」

救いを求めて周りを見る。が、哀れな視線を受けた周囲の人々は誰も何もできずにいた。王子から発せられる不穏な気配が、人々の言葉を奪っていた。

あの美しく立派で優秀な王子殿下たちがこんな恐ろしいことをするなんてと、人々の怯える目が言っていた。

救いの手が差し伸べられることはないと分かると、令嬢たちは激昂《げきこう》した。

「こんなこと！　父が許しませんわ！　私たちの家を敵に回すおつもりですの！」

「大丈夫だ、きみらの父は承知している」

ランディは微笑で断じた。

「娘のしたことは我が家とは無関係だと――娘のことは好きに処してほしいと――きみらの父は言った」

「そんな……」

絶望に打ちひしがれる令嬢たちを見て、第五王子のジェリー・ビーが笑った。

「あはっ！　お前たちまだ分かってないのぉ？　お前たち、もう親に売られたんだよ。誰もお前たちを助けになんか来ないよ」

愛らしく残虐な言葉を受けて、令嬢たちは絶句した。そこに口を差し挟もうという者などただの一人もおらず、令嬢たちは衛兵の手で乱暴に大広間から引きずり出されそうになり――

その時、大広間の床がビシリとひび割れた。ひびはメキメキと広がり、その隙間から葉の生い茂る巨大な蔦《つた》が凄《すさ》まじい勢いで伸びてくると、衛兵に引っ立てられようとしている令嬢たちをたちまち縛り上げて宙に吊《つ》るした。

「いやあああああああ!!」

突然の怪異に令嬢たちは絶叫する。

「うわあああ！　何だあれは！」

周りの人々も同じように悲鳴を上げて、逃げ出そうとした。そんな大混乱の中――

「何をしている？」

落ち着いた女の声が響いた。大きくはないのによく通り、その場にいた者は全員ぴたりと動きを止めた。

煌びやかに着飾った人の群れの中に、一人の異質な女がひっそりと立っていた。

年齢は十八歳頃だろう。床につきそうなほど長い漆黒の髪を結わずに垂らし、闇色の瞳で人々を見ている。身に纏《まと》うのは煌びやかな夜会でひときわ異彩を放つ墨色のドレス。雪のように白い肌に蠱惑的《こわくてき》な唇だけが赤く色づいている。

美しい女だった。正体の知れないその女に、一同は見入る。

女が足を踏み出すと、人々は何かに押されたみたいに道を開けた。その空白を、女は静かに歩いてくる。

女は軽く手を上げて指を振り、薄く唇を開いてかすかな音色を響かせた。歌というには淡すぎる……音の連なり……

するると、令嬢たちを縛っている蔦がミシミシと不吉な音を立てた。

「ああああああ……」

令嬢たちは我を忘れて意味をなさない声を漏らす。

そんな令嬢たちを見上げる女のもとへ、五人の王子が歩いてきた。女は王子たちを見やり、赤い唇を開いた。

「何をしていた？」

「何って……きみの誕生日の宴《うたげ》を開いてるのさ。やっと来てくれたね」

「そうか、彼女たちは？」

「俺たちからきみへの贈り物だ。受け取ってほしい。研究材料にでも愛玩動物にでも好きなように」

　言われて女はまた吊るされた令嬢たちを見た。冷ややかな目で上から下まで眺め、ふっと笑った。

「いらないな」

「そう？　いらない？」

「ああ、いらない」

　そう言って指先を宙に躍《おど》らせる。

　蔦は嫌な音を立てながら令嬢たちを床に下ろした。

　へたり込んでがくがくと震える令嬢たちに、女は身を屈《かが》める。

「この王宮は私の庭だ。出て行け。二度と立ち入るな」

　ぞっとするような声で、低く囁く。

「魔女……」

　令嬢の一人が絞め殺されそうな声を絞り出した。

「そう……私はお前たちが魔女と呼ぶ者だ。命が惜しくば去れ」

　女がそう命じると、令嬢たちは震える足で立ち上がり、一目散に逃げだした。一瞬でも立ち止まったら、この空間に喰《く》い殺されてしまうとでもいうように。

「恐ろしいな、我らの魔女様は……」

ランディがくっくと笑い、女の肩を抱いた。

呆然《ぼうぜん》とする周囲の人々を見やる。

「さて……余興は終わった。これでようやく夜会が始められるな。今日は彼女の誕生日を祝うために集まってくれてありがとう」

朗々《ろうろう》と謝意を述べる。近くにいた一人の男が恐る恐る声を発した。

「王子殿下……そのお方は……まさか……」

「きみたちも祝ってくれるだろう？　我らの母、北の森の魔女の誕生日を」

ざわめきが波紋のように生じ、大広間の隅々まで広がってゆく。人々は床から伸びて蠢《うごめ》いている蔦と、まだ十八歳頃としか思えない女を交互に見る。

「彼女の時はすでに止まっているんだ。父に嫁いでから少しも姿は変わっていない。魔女にとって誕生日など、今更祝うものでもないだろう。それでも今日は特別だ。彼女の、三百歳の記念すべき誕生日なのだから」

瞬間、辺りは凍り付いたようにしんとなった。

驚愕《きょうがく》と、恐れと、戸惑いと……様々な感情が入り乱れている。

ランディはくっくと笑った。

「何故驚く必要がある？　みなもよく噂しているだろう？　楽しげに、悪《あ》しざまにね。その噂は正しいよ。彼女は国王陛下の妃であり、私たちの義母、そして……悪魔が棲むと恐れられる森で三百年生きた北の森の魔女だ。名をナユラという」

朗々とした声に名を呼ばれ、黒を纏う女は吸い込まれるような闇色の瞳でただただ冷たく人々を見ている。

もう誰も、何も言葉を発することはできなかった。


「あなたたちね……いいかげんになさいよ！」

夜会が終わり、深夜の王宮の北の一角――大きな四角いテーブルの置かれた広い台所で仁王立ちになり、ナユラはだらりと椅子に座ってくつろいでいる五人の王子たちを怒鳴りつけた。

「何が？」

ランディは軽やかに笑いながらわざとらしく肩をすくめる。

「何が？　何がですって!?　白《しら》を切るとはいい度胸じゃないの、ランディ。あなたたちあの令嬢たちに何するつもりだったの！」

「ちょっと罰を与えただけじゃないか」

「ちょっと？　嘘吐《つ》くんじゃないわ。女官たちが泣きながら呼びにきたのよ。王子殿下が気に食わないご令嬢を処刑しようとしてますってね！」

その瞬間のことを思い出してナユラは眩暈《めまい》がした。

夜会に出るのが嫌すぎてここで夜食を作っていたら、女官たちが血相を変えて飛び込んできたのだ。

「ええ、王子殿下がブチ切れていらっしゃるご様子でしたので……これはマジヤバい、死人が出る、止められるのは魔女様しかいないと、私たち慌てて……」

台所の端に控えていた女官たちが、涙ながらに言った。

「どうして怒るんだ？　ナユラ。きみは仮にも王家の一員だ。それを侮辱するのは許しがたい大罪だろう？　厳罰は免れない」

ランディが堂々と言いやがった。

「あのねえ……そんなことで人を処刑してたらこの国が荒野になるわ！　王家の悪口なんて年がら年中どこかで誰かが言ってるんだから」

ナユラは怒鳴ったが、ランディは余裕ぶって笑っている。

「それにしては怖い魔女様ぶってたじゃないか。派手な登場までして」

「しょうがないでしょ。あそこで私がやらなかったら、あなたたちがヤバい奴《やつ》だと思われてしまうじゃない。嫌われるのは魔女だけで充分よ」

一国の王子が本当にヤバい奴だと思われたら本当にヤバい。国が終わる。

こんな調子で、彼らが何かするたびにナユラの悪評は広まる一方なのだった。

「オーウェン、あなたまでどういうことなの？」

ナユラは反省の色が全くないランディを諦めて、兄を問いただした。すると兄のオーウェンは首をかしげ……

「私もナユラ先生が悪く言われていると聞いて腹が立ちましたし……人体実験の実験台が手に入るならラッキーと思いました」

淡々と返してきたオーウェンに、ナユラは拳骨《げんこつ》を食らわせたくなった。

話にならない兄二人に見切りをつけて、三男のルートを睨んだ。

ルートは優雅にお茶を飲みながらその視線を受けて、にこっと笑った。

「私も母上が侮辱されるのは耐えがたいことだと思いましたが……大丈夫ですよ。まさか兄上が本気で令嬢たちに悪さをするはずはありません。あれはあくまでただの脅しですから」

「ああ、そうだったの。脅しなら平気よね……なんて言うと思ってる⁉　あなたたちの辞書には、やりすぎって言葉ないのかしら⁉」

「いや、どちらかというと母上の方がやりすぎていたような……」

「……俺は脅しじゃなかったがな。あいつらぶち殺せばよかったと思ってる」

四男のアーサーが低い声で言った。女官たちがひいっと呻《うめ》いた。

ナユラは頭を抱える。こいつらには何を言っても無駄なのか……

「ねーえ、あんな奴らのことなんかどうでもいいじゃん。僕はナユラと夜会に出られて楽しかったもん」

テーブルに上体をのせながら言ったのは、五男のジェリー・ビーだ。

「ナユラは楽しくなかったの？」

「……楽しいわけないでしょ」

ナユラはげんなりしながら言った。

「息子たちが夜会で暴れてるとか聞かされて、必死に駆けつけたのよ。しかもあんな大勢の中でど派手な登場とか、吐くかと思ったわ。何なの？　私を殺す気なの？」

「堂々としてなよぉ、仮にも王妃様なんだから」

にやにや笑われ、ナユラはますます腹が立った。

「あのねえ……この私を誰だと思ってるのよ。三十で森に籠《こも》って二百六十年引きこもり続けた筋金入りのヤバい女よ！　堂々とした王妃の振る舞いなんてできるわけがないでしょうが！　こちとらただ魔法が使えるだけの根暗《ねくら》引きこもり女なんだから、舐《な》めないでよね！」

「じゃあ怒ってるのぉ？」

ジェリー・ビーはくすくすと笑った。全然伝わっていない。

「怒ってるかですって？　ええ、ええ……あなたたち全員よく聞きなさいよ。そもそも出たくもない夜会に無理矢理呼び出されて、しかも息子が招待客をぶちまわそうとしてるとか聞かされて……それは全部私のために怒ったからで……そもそも夜会だって誕生日を祝ってくれようとしたからで……そんなに私のこと考えてくれてたのかと思ったら……腹が立って腹が立って仕方がないわよ！」

「あはっ！　ナユラってば、やっぱ嬉《うれ》しかったんじゃん」

「お黙りなさいよ。あなたたちみたいな悪ガキはお仕置きだわ」

言って、ナユラは小さく口笛を吹き、指を振る。

辺りの空気がぴょうと激しく鳴った。不吉な気配が生じ、床や壁に描かれた魔法陣がキラキラと輝く。

すると、竈《かまど》にかけられていた鍋の中身が沸騰する。食器棚から飛び出てきた器に、宙を躍るお玉が一瞬で鍋のシチューを盛り付け、湯気の立つ器がタタタタタンと勢いよくテーブルに並んだ。

「やったぁ！　お腹空《なかす》いてたんだ」

ジェリー・ビーは声を弾ませて、すぐさまシチューを口に運んだ。

「すまないな、ナユラ」

「ありがとうございます、先生」

「いただきます、母上」

「……」

五人の王子たちは各々シチューを食べ始める。

ナユラはこのどうしようもない厄介な王子たちを、ため息まじりに眺めた。

「何で魔女って嫌われるんだろ？　ナユラは全然野心とかないし、こういうしょーもないことにしか魔術を使わないのにねえ」

ジェリー・ビーがシチューを食べながら言った。

「そりゃあ私に野心なんかないわよ。そんなのあったらとっくに世界征服してるわ」

ナユラは自分のシチューもよそって席に着く。

「魔術の使い道なんてこれで充分。美味《おい》しいものを食べるって最高よ。毎日美味しいご飯を食べられて、それでも満足できない人間がいたら、そいつは世界征服したって満足なんかできやしないわ」

銀の匙《さじ》でシチューを掬《すく》い、口に運ぶ。

「うん、よくできた」

満足げに頷く。

「言っておくけど――私の悪評があちこちで広まってるのは、おしゃべりな令嬢たちのせいじゃなくて、あなたたちのせいだからね。ちょっとは反省しなさいよ」

匙を咥《くわ》えてじろりと睨むと、ランディがにやりと笑った。

「じゃあ、俺たちが何をしようと放っておけばいいのさ」

「あなたたちねえ……今日みたいなことばっかりやってたら、そのうち都中のお嬢さんに怖がられるわよ。誰も嫁に来てくれなくなったらどうするのよ。王家潰す気？」

仮にも王家の、王子様だ。妃を迎えて国を継ぐのは大切なことだろう。しかし彼らは一瞬顔を見合わせて――

「女性には興味ありません。女性としゃべるより魔術学の勉強をする方が楽しいので。女性と関わるのは時間の無駄です」

長男のオーウェンが淡々と答える。

「大丈夫さ、女の子なんていくらでも寄ってくるから。だけど、遊んで捨てた女の子に刺されかけたばかりだから、結婚はしばらくいいよ」

次男のランディがにこやかに答える。

「女性はみなさん素晴らしいですから、相手はどなたでもかまいませんよ。ですが、兄上たちのお相手が決まってから考えようと思います」

三男のルートがやんわりと答える。

「……うるさいな、お前には関係ないだろ」

四男のアーサーが不愉快そうに答える。

「僕よりブスで馬鹿な女と遊ぶ趣味なんかないし―」

五男のジェリー・ビーが愛らしく答える。

息子たちの答えを全て受け止め、ナユラはしばし沈黙し――深々とため息を吐いた。

ちらと横を見てみれば、女官たちが労《ねぎら》うような瞳をこちらに向けている。

そう……手遅れといえば手遅れなのだ。近しい人たちは全員知っている。

リンデンツの王子たちはみな優秀で見目麗しく……そしてもれなく全員どうしようもなく厄介で面倒で万年反抗期な問題児――彼らに言うことを聞かせられるのは、彼らを育てた北の森の魔女だけだ――ということを。

ナユラはガタンと音をさせて立ち上がり、思い切り腕を振った。空になった器がキラキラ光り、全て一瞬で洗《あら》い桶《おけ》の中に飛んでいく。

「はあ……疲れたわ……もうあなたたちのことなんか知らないから。好きにしてよ」

ナユラは呟《つぶや》き、よろよろと力なく部屋から出ていった。


「おや、魔女様。どちらへ？」

部屋の入口で様子をうかがっていたナユラの専属召使のヤトが、すぐに後ろからついてくる。二十代半ばの男である。

「陛下のお部屋に今日のご報告に行ってくるわ」

「顔ブスになってますよ」

ズバッと言われ、ナユラはぴたりと足を止めた。

「鏡」

「どうぞ、魔女様」

ヤトは素早く手鏡を出す。

ナユラはまじまじと鏡を覗《のぞ》き込む。眉間《みけん》にしわが寄っている。ぐいぐいと指先でしわを伸ばし、口の端を無理やり引っ張って笑みの形にする。

ひとしきり顔をいじくり満足すると、ナユラは再び歩き出した。

すれ違う者はナユラに気づくとみな恭《うやうや》しく礼をする。しかし、魔女であるナユラに馴《な》れ馴《な》れしく近づいてくる者はいない。

王宮は堅固な石造りの城で、現在は北の塔の最上階に王の寝室がある。

扉の前にいる衛兵が、ナユラを見て扉を開けた。

「ごきげんいかが、エリック様」

ナユラはひらひらと舞うような足取りで寝室に入り、部屋の最奥《さいおう》にある寝台に駆け寄った。

寝台には、一人の男が横たわっている。リンデンツ王国の国王、エリック三世。彼は妃であるナユラの呼びかけにも目を開けることなく眠り続けている。

ナユラは寝台の横に置かれた椅子に腰かけ、

「ああもう疲れた……私を助けて、愛《いと》しい旦那様……」

「相変わらず奇特な方ですねえ、魔女様」

寝室の入口付近に控えていたヤトが呆れたように言った。

「何かおかしい？」

ナユラは振り向きもせず問いかける。

「おかしいですよ。自分を捕らえた男に惚《ほ》れた魔女なんてね」


彼女が生まれたのは今日からちょうど三百年前……とある田舎の村の、ごく普通の両親のもとだった。

名前はナユラ。貧しい農村の生まれで、タイラン村のナユラ。

その頃のことは昔すぎてもう覚えていない……というほど歳はとっていないと思う。

三百年前なんて、それほど昔ではない。十年前とそれほど変わらない。

長く生きすぎて疲れてしまった……なんて情緒的なことは特に思わない。

だからナユラは昔のことだって、はっきりと覚えている。

五歳になる頃にはすでに、自分が人でないことを知っていた。

十五になった頃、村を出て放浪の旅を始めた。

十八歳を超える頃にはもう、自分がこれ以上老いないことを知っていた。

三十を超える頃に人里で暮らすことを諦め、悪魔が棲むという北の森に籠った。

それから二百六十年引きこもり、十年前——ナユラは森に押し入ってきたリンデンツ国軍の兵士たちに捕らえられた。

王宮へと連れて行かれ……そしてナユラは彼に出会った。

「きみは恐ろしい力を持つ魔女だと聞くが、何故こんなにも簡単に捕まってしまったんだ？」

エリックは、王宮の地下牢《ちかろう》に閉じ込められたナユラを見て不思議そうに聞いた。

自分の命令で魔女を捕らえたくせに、おかしな男だとナユラは思った。

ナユラはずっと前に凶悪な敵と戦って魔力を封じられていて、一定の条件下でなければ魔術を使えない。それが原因で捕まったのだと伝えると、エリックは真剣な顔で聞いてきた。

「……きみは、人を生き返らせることはできるか？」

できない——と、ナユラはただ一言答えた。

それを聞いた途端、エリックは泣き崩れた。

ナユラは酷《ひど》く驚き、何もできずにただその姿を見守った。

彼は半日ほど泣いた後、三か月前に妃を失ったのだと話し始めた。

「当然のことだな……死者を生き返らせるなど無理に決まっている。最初からそんなことは期待していなかった」

エリックは力なく言った。分かり切ったことで半日も泣いたその男が、ナユラは不思議でならなかった。何故か胸の鼓動がドキドキと速まって、少しも落ち着いてくれない。

「私は病だ。もうすぐ死ぬ。医者にそう言われている。だからきみに……何でもあげよう。金も、地位も、領地も、人も、欲しいものを何でもあげよう。その代わり……頼みを一つ聞いてほしい」

彼は思いつめた瞳で言った。

「私の息子たちを守ってほしい。北の森の魔女よ」

強く真っすぐなその瞳を受けて、ナユラの胸はますます高鳴った。これは何だ？

「息子たちはまだ子供だ。だから私の代わりに、息子たちを守ってほしい」

そんな頼みを引き受ける理由はなかった。こんなところからはさっさと出て行ってしまいたかった。

だけど……ナユラは分かったと答えた。その代わりに一つ欲しいものがあった。

「何が望みだ？」

問いかけてくるエリックに、ナユラは言った。あなたの妻の座が欲しい——と。

どくんどくんと高鳴る胸の鼓動に従って、そう言ったのだ。

その取引を……彼は受けた。

そしてナユラはリンデンツの王妃になったのだ。

そのあとすぐ、エリックは床《とこ》に臥《ふ》し……ナユラは五人の王子たちを育ててきた。

あれから十年……


「実はね、エリック様。今日は相談があるの。大事な息子たちの話よ」

ナユラは昏々《こんこん》と眠る夫の顔を覗き込む。

「これは王家の存亡にかかわる一大事。本当に……本当に重大な話なのよ」

手を組み合わせ、深刻な顔を作る。

「あの子たち……もう年頃だっていうのに……誰一人妃を迎える気配がないの」

仮にも王の血を引く王子たちが、適齢期になっても一人も妃を迎えていないどころか、婚約者すらいない……これはどう考えてもまずい。

そしてそういう話を振ってみれば、さっきのあれだ。

長男のオーウェンはもう二十三にもなるというのに、女の子に興味を持っている場面など見たこともない。

次男のランディは真逆の女好きだが、手あたり次第女の子に手を出しては手酷く振って本気になったことがあるのかどうか……

三男のルートはふわふわとはぐらかして兄の結婚が先だと言い張るし、四男のアーサーは人嫌いの引きこもりだ。

五男のジェリー・ビーはとんでもない小悪魔女王様気質で、女の子を嫌っているように見える。

いったいどうしてこうなった……？

「巷《ちまた》では、魔女のせいだって噂があるみたい。あの子たちに一人の妃もいないのは、魔女である私のせいだって」

王宮のそこかしこで、近頃この噂を耳にする。全ては魔女のせいだと。極め付きが今日のあの夜会……

「まあごもっともよね。こちとら筋金入りの根暗引きこもり魔女だもの。そりゃそんな姑《しゅうとめ》がいるところになんか嫁に来たいわけないわ！　どう考えてもこれは私の責任。だから私が、あの子たちに相応《ふさわ》しい最高のお嫁さんを見つけてあげなければ」

ナユラは決意を込めて言い、エリックの様子をうかがう。

「あなたと約束したもの……あの子たちが幸せになれるよう、この力の全てを尽くすって……。だからどうか安心してね。あの子たちが幸せになるためなら、私は何だってするわ。厄介で面倒で反抗期のあの子たちだけど、きっと最高のお嫁さんを見つけてみせるから！」

ナユラは力強く宣言した。それと同時に、寝室の扉が開く。

「あなたが何をしたところで、彼らがまともな妃を迎えるようなことはありえないと思うが？」

厳しい男の声が聞こえて振り返る。入ってきたのは、エリックに顔立ちの似た壮年の男だ。途端、ナユラは顔をしかめる。

彼はエリックの弟で、現在国王代理を務めているフィリップという男だった。

その後ろからは、見たことのある男たちがずらずらと……よくは知らないが、ナントカ大臣とか高位の役職についている官僚たちだ。その更に後ろには、衛兵たちがずらりと……

この時間に王の見舞いということもなかろうから、ナユラに用があって来たのだろう。ナユラは毎晩この寝室を訪ねているし、捉《つか》まえるのは容易《たやす》い。

彼らは全員、険しい顔でナユラを見ている。

「夜会でとんでもない事件を起こしたそうだな」

「いや、あれはあの子たちが……」

王子たちが令嬢を処刑しようとしていたから——とは言いづらい。

「いえ、たいした問題じゃないわ」

「たいした問題じゃない!?　馬鹿げたことを！　あなたのせいで王子たちの悪評がどれだけ広まっているか分かっているのか!?」

「今日という今日ははっきり言わせていただきましょう。あなたはこの王宮にいるべき存在ではない」

「我らはあなたをここから追放する覚悟なのです。魔女が王妃の座に収まっていることがそもそもおかしいのですから」

ナユラは呆気《あっけ》にとられて口をぽかんと開いた。

ちょっと待て。あの王子たちのせいで悪評が広まっているのはこっちの方だ！

それなのに追放……だと!?

「私が出て行ってどうなるというのよ」

ナユラは眉をつり上げて言い返す。

「王子たちを結婚させる」

「だから、それは私がやると……」

「あなたには無理だ！」

フィリップは声を荒らげた。

「何故？」

「何故？　分からないのか？　全部あなたのせいだ。あなたの存在があの子たちの足枷《あしかせ》になっているのだよ。あなたが邪魔をしているせいで、あの子たちは一人も結婚できていないんだ」

返す言葉もない……が、ナユラは何とか言い返した。

「それは重々承知してるわ。魔女に育てられた王子だもの、やっぱり普通の令嬢は怖がるでしょうね。だからこそ私が責任をもってあの子たちのお嫁さんを見つけると言ってるのよ」

断言するが、フィリップは馬鹿にしたような目をした。大臣たちも、呆れたような顔をしている。

「無自覚というのは恐ろしいものだな」

「私が何を分かってないというの」

闇色の瞳でじっと睨むが、フィリップはこれ以上言っても無駄だというように首を振った。

「あなたにはこの王宮を去ってもらう。今日の事件で決意が固まった。これは我々の総意だと思ってほしい。これ以上王子たちを惑わされては困るのだ」

「聞き捨てならないわ！　私はあの子たちを洗脳なんかしていない！」

「これ以上話すことはない。連れて行け」

フィリップが命じる――が、後ろに控えていたはずの衛兵たちは動かなかった。

「どうした？」

訝《いぶか》るフィリップは、衛兵たちの後ろから現れた人物を見て目を剝《む》いた。

「ずいぶん楽しそうな計画ですね、叔父上。彼女を追放すると？」

怖い笑みを浮かべて入ってきたのはランディだ。その後ろから、オーウェンとルートとアーサーとジェリー・ビーも姿を見せる。

「お前たち……どうしてここに……」

「愛しい魔女がなかなか戻ってこないので、心配になってね」

そう言って肩をすくめる。

「仮にも王妃であり、我らの母である彼女を追放するとはどういうことでしょう？」

「……お前たち、よく考えてくれ。お前たちは魔女に誑《たぶら》かされているんだ」

「はは、なるほどね……」

「分かってくれ。国にとって跡継ぎがどれほど大事か……」

「ところで叔父上、鳥って素敵だと思いませんか？　ほら、ちょうどそこに窓がありますよ」

「……え？」

にこやかな甥《おい》の言葉に、フィリップは放心する。そこで突然後ろから出てきたアーサーが、呆《ほう》けた叔父の襟首をつかんで窓を開け放った。

「飛べよ」

唸《うな》るように言い、叔父の体を窓から突き落とそうとする。

「うわああああああああ！　やめろ！」

フィリップは絶叫した。

「ははは、アーサー、しっかり叔父上を飛ばせて差し上げろ」

「あああ！　フィリップ様！」

大臣たちが慌てふためく。

「うるさい、黙れ」

アーサーが冷ややかな目で見やると、彼らはたちまち凍りついた。

「あはっ！　そんな奴、さっさと落としちゃいなよぉ」

ジェリー・ビーが愛らしい声で笑う。

「もったいないから、遺体は私にくれないか」

オーウェンが淡々と言う。

「アーサー、せめて苦しまないよう一息にして差し上げろ」

ルートが慈悲深く言う。

絶句していた大臣たちは、いっせいにナユラの方を見た。

「魔女様！　お助けください！　我らが……我らが間違っていました！」

縋《すが》りつかれ、呆気にとられていたナユラははっと正気に戻った。

大きく息を吸い――

「やめなさい！」

怒鳴る。同時に、突風が吹いた。その風に押されて、アーサーはフィリップから手を放した。フィリップは危ういところで窓の内側にへたり込む。

「あなたたち……私の言ったことを全然聞いてないじゃないの！　こういうことをするなって、何度言ったら分かるのよ！」

「ナユラは彼のことも許せというのか？　きみを追放しろという彼を？」

ランディがじろりとこちらを振り返るので、ナユラはじろりと睨み返した。

「ええ、そうよ」

「嫌だといったら？」

「あなたたち全員廊下に立たせて、女官や衛兵の前でケツをぶっ叩《たた》いてやるから」

怖い顔を作ってみせると、ランディはふっと笑った。

「ナユラは本当に……甘いな」

そう呟き、座り込んでいるフィリップの足を乱暴に蹴る。

「ほら叔父上、もう行っていいですよ。命拾いしましたね」

フィリップはぐっと歯噛《はが》みして立ち上がった。そんな彼に、大臣たちが慌てて駆け寄る。

「フィリップ様！　よくぞご無事で！」

「やはり無理だったのですよ、魔女様をこの王宮から追い出すことなど……」

「諦めましょう、フィリップ様」

彼らはフィリップを支えながら、王の寝室から出て行こうとする。その間際、フィリップが振り返った。

「だから言っただろう、あなたが全て悪いんだと……こういうことだ！」

そう言い捨てて、彼らは逃げ出すように部屋から出て行った。

第一章　第一王子は魔法使いの夢を見る

「あなたはどうして私のしゃべることを理解できるんですか？」

長男のオーウェンがそう言ってきたのは、ナユラが王妃になり、国王が倒れてすぐのこと……彼は十三歳の少年だった。

残された五人の息子を前に、ナユラはどうしたものかと困っていた。

ナユラは子供と接した経験がほぼない。見かけたことはあるが、遊んだことも何かを教えたこともない。

けれど、ナユラはこの少年たちを育てなければならなかった。それが、ナユラとエリックの契約だったのだから。

そんなナユラに、オーウェンは言った。

「私がしゃべると、みんなは分からないと言います。私も彼らが分かりません。私のすることを見て、彼らがどうして笑うのか……」

彼は幼い頃から魔術学を好んで学んできた少年だったという。

ありていに言ってしまえば彼は天才的な頭脳の持ち主で、リンデンツの魔術学を一段も二段も高い領域に押し上げる国の宝といってもよかった。ただ……それゆえ人と関わることが極端に不得手《ふえて》だったのだ。

彼は脈絡なく難解な話をし始めるので、周りの人たちは会話に困った。そして彼はしばしば頓狂《とんきよう》なことをするので、そのたび周りの人たちは笑った。

けれども……ナユラにはむしろ彼の言動の方が理解しやすかった。

二百六十年引きこもって出てきた直後の根暗魔女にとっては、オーウェンがこの世で一番会話の通じる分かりやすい人間だったのだ。

ナユラにとってオーウェンは、一番初めに仲良くなった息子だった。

夜会から五日ほど経《た》ったある朝のこと——

ナユラは王宮の北の一角にある自分専用の台所で、いつもの通り朝食を作っていた。

ナユラは料理が好きだ。美味しいものが好きだ。それゆえ、朝食や夜食はいつも自分の手で作っている。王宮にやってきた時から続けてきた習慣だ。

そういえば、最初は距離のあった息子たちと段々打ち解けてきたのも、ナユラが作った朝食を毎日一緒に食べたからかもしれない。

彼らはナユラが魔術を使って料理をするのを、それはそれは興味深く見ていた。そういう時、彼らは年相応の無邪気な少年に見えたものだ。

もちろん王宮お抱え料理人の作ったものだって食べたいから、普段の夕食は豪華な宮廷料理に舌鼓《したつづみ》を打っているけれど、朝食くらいは自分で作りたい。

「ほら、朝ご飯できたわよ」

ナユラが鼻歌まじりに指を振ると、テーブルにパンや目玉焼きやベーコンが並んだ。最後に宙を舞うミルクパンが、テーブルのカップに温かいミルクを注ぐ。

「いただきます」

と、四人が一斉に食べ始めた。

四男アーサーの姿はない。彼はナユラに負けず劣らずの引きこもりで、部屋から出てこないことがしばしばある。

「林檎《りんご》もあるわよ」

ナユラがまた指を振ると、木箱に積まれた林檎が一個宙に浮かび、ぱかっと八つに割れると、可愛く飾り切りされて皿に並んだ。

「うさぎだ」

と、ジェリー・ビーが反応する。

「うさぎさんよ」

ナユラは得意げに笑って自分も席に着いた。

「食べるって人生最大の楽しみよね」

しみじみ味わっていると、台所の入口に控えていた召使のヤトが言った。

「魔女様ー、お客さんですよ」

「誰？」

「今日から入った新しい女官さんが、挨拶したいそうですよ」

「そう、いいわよ、入ってもらって」

するとヤトの後ろから一人の年若い少女が入ってきた。

緊張の面持ちで、一生懸命礼をする。

愛らしいその少女を、ナユラはどこかで見たような気がした。

「ええと……前に会ったことが？」

首を捻《ひね》って尋ねると、少女はぱっと花が咲くような笑顔になった。

「は、はい！　五日前の夜会で……」

「ああ！　あの時のお嬢さん！」

ナユラはぽんと手を打った。

ナユラの悪評を流して王子たちの怒りを買ったあの令嬢たちの、傍にいた少女だ。

「王妃様にお会いしたことが忘れられず、父に無理を言って王宮勤めをさせていただくことになりました。ナナ・シェトルと申します」

恥ずかしそうに言われ、ナユラは戸惑った。あまり人からこういう表情を向けられたことがない。

王子付きの女官を目指して王宮に上がる者は多いが、ナユラ目当てでここへ来た少女なんて初めてだ。

「よろしくね、ナナ・シェトル」

「はい！　王妃様のお傍にお仕えできて光栄です！」

「ああ、王妃様という呼び方、しないでちょうだい。魔女か、名前で呼んで」

王宮の人間はみなナユラをそう呼ぶ。

「はい、魔女様」

ナナ・シェトルは嬉しそうに頬を染めた。その顔が可愛くて、ナユラはつられて微笑み返してしまう。

そういえばここに来てから厄介な王子に囲まれてばかりで、こんな可愛い女の子と接したことは全くなかった。

ナユラがほわほわ癒されていると――

「へーえ、お前って変わり者なんだね。魔女に仕えたいなんてさ。何企んでるの？」

ジェリー・ビーが険のある声で問いただした。

ナナ・シェトルはびくりとした。今ようやく王子たちに気づいたわけではないだろうが、初めてそちらに目を向け、恐ろしそうに表情を強張《こわば》らせる。

美貌の王子たちにうっとりする気配は微塵《みじん》もない。これまた珍しいことだ。たいがいの女の子は、彼らに出会うとぽーっとなってしまう。

強張る少女を、四人の王子は美しい瞳で凝視していた。

「ちょっと、圧をかけるのやめなさい」

ナユラは咎《とが》める。

ナナ・シェトルは胸の前でぎゅっと拳を固め、必死に王子を見返した。

「す、すみません……私は子供の頃から気が弱くて、臆病で……そんな自分を変えたくて……。魔女様のお傍に上がれば、強い人間になれるんじゃないかって……」

可愛い……真摯な少女の瞳に、ナユラは思わずきゅんとした。

途端、部屋の空気がピリッとした。

ナユラがぎくりとして振り向くと、王子たちが嫌な気配を纏ってこちらを見ている。

「僕、お前みたいな主体性のない女って好きじゃないなぁ」

ジェリー・ビーが妙に艶《なま》めかしい仕草でナナ・シェトルを指さした。

「ひっ……すみません」

「まあまあ、そんな言い方をしたら気の毒だ。ただ、強い者の傍にいれば自分も変われると思うのは、浅慮《せんりょ》極まると思うがね」

優しく言ったのはランディだ。口調は優しいが、言葉の内容は少しも優しくない。

まずい……王子たちは、この少女を敵認定し始めている。

「あの……私、がんばりますので……」

ナナ・シェトルは健気《けなげ》に言う。

「誰だって初めは未熟なんだから、気にすることないわ」

ナユラは彼女を励ますように笑いかけた。

するとまた、彼女に突き刺さる王子たちの眼差《まなざ》しが危うさを増す。

「あなたたちねえ……」

ナユラは立ち上がり、彼らの視線からナナ・シェトルを隠してやった。

彼らは怖い顔でナユラを睨んだ。

万年反抗期のくせに、この王子たちはナユラの関心が自分たち以外に向くことを極度に嫌がる。兄弟だけで共有する、自分たちの魔女だと思っている。

「王子ともあろう者がお嬢さんを、怖がらせるようなことするもんじゃないわ」

「えー？　立場とか関係ないよぉ。僕がそいつを嫌いだって言ってるの」

ジェリー・ビーが嘲笑を浮かべる。

「知りもしない人を悪く言うのやめなさい」

「なーに？　ナユラ、怒ったの？」

「怒ったわよ」

「ふーん……じゃあもういいよ」

ぷいっと拗ねたようにそっぽを向き、ジェリー・ビーは黙り込んだ。彼は彼なりの理屈でこの現実に折り合いをつけたらしい。

残る三人も不満そうだったが、それ以上なにか文句を言う様子はなかった。

ナユラはこっそりため息を吐く。

五人の王子が誰一人妃を迎えないのは魔女のせいだとみなが噂する。

しかしナユラは、どう考えても自分のせいじゃないと思う。

どう考えてもこれは、彼らの面倒で厄介な性質が原因で、それを受け止められる女性が現れないからだ。

さて……こんな厄介王子の相手をできるようなお嬢さんが、はたしてこの世に存在するのか……？

と、またため息を吐くのだった。

「なんだかもうすでに絶望的な気持ちになってきたわ。息子を結婚させるって……どうしたらいいと思う？」

ナユラは自分専用の台所の真上にある自分の部屋で考え込む。

居間と寝室と実験室が連なった豪華な造りで、内装や家具も煌びやかな王妃に相応しい部屋だ。

とはいえそれはナユラ自身の趣味ではなく、最初からこうだった部屋にほとんど手を入れないまま十年が過ぎたというだけの話だった。

凝った刺繍《ししゅう》のソファに座り、腕組みし、難しい顔で考え込む。王子たちに最高のお嫁さんをと意気込んだはいいが、考えれば考えるほど奴らと渡り合える令嬢が現実にいるとは思えないのだった。

「俺に聞かれても困りますよ、魔女様」

目の前に立っていた召使のヤトが言った。

「私も差し出がましいことは……」

王妃付きの女官になったばかりのナナ・シェトルも、少し離れて控えめに言う。

ますます絶望的になるような返答だったが、ナユラは気合を入れて顔を上げた。

「一つ一つ順に攻略していきましょう。まずは年長の二人から考えた方がいいと思うのよ。オーウェンとランディ」

二人とも二十歳を超えているし、今すぐ結婚してもおかしくない。

「ここはやっぱり長男のオーウェンから？　だけどオーウェンと気が合う女の子……難しいわね。ねえ、はたから見てオーウェンってどんな王子に見えるの？」

ナユラにとってはちょっと変わっているけど素直で勤勉で可愛い息子だ。しかし、他人から見ると……？

すると、ヤトは初めて考える素振りを見せ――

「魔術オタクの変態学者」

「……その通りだけど言い方よ」

「頭がいいだけのやベーやつ」

「言い方!!」

まあ……分かっていた。そういう子だってことは知っている。だけどはっきり言われたら腹が立つのが親心だ。

「オーウェン殿下は、そういう方なのですか？」

ナナ・シェトルが、びっくりしたように言う。

「いや、あの子にもいいところはあるのよ。どこって聞かれてもすぐには出てこないけど、たくさんあるの」

ナユラは思わず庇《かば》ってしまう。

「私たちの間で聞く噂ですと、オーウェン殿下は天才的な頭脳を持つ魔術学者で、リンデンツを発展させる素晴らしい王になるだろうと……」

控えめに言うナナ・シェトルを、ナユラは抱きしめようかなと思った。

「そう、あの子はやればできる子なの。やりすぎて空の彼方《かなた》に行っちゃってるだけで、頑張ってる子なのよ。そういう子だから、ぴったりのお嫁さんも限られてくるとは思う。それで、一つ考えてる作戦があるのよ。それはね……」

ナユラが言いかけたその時、部屋の扉がいきなり勢いよく開かれた。

「魔女様！　緊急事態です！」

女官たちが悲鳴を上げながら駆けこんでくる。

「どうしたの？」

ナユラはびっくりして立ち上がった。

「オーウェン殿下がまたやらかしました！」

「何ですって！　あの子またやらかしたの！」

数拍前に褒めた自分を一瞬で後悔しながら、ナユラは部屋を飛び出した。後からヤトが面白そうについてきた。

王妃や王子の居室は、王宮の北側に集めて作られている。その一角に第一王子であるオーウェンの部屋があり、そしてその近くには彼のために作られた魔術学研究室がある。ナユラが研究室の前に駆けつけると、女官や衛兵が扉の前でおろおろしている。

彼らはナユラの姿を見ると、救いを求めるように叫んだ。

「魔女様！　オーウェン殿下がやらかしました！」

ナユラは彼らの間を通り抜けて研究室の扉を開けた。

「オーウェン！　あなた何したの！」

中に入って見回し——唖然《あぜん》とする。

広い研究室は後から増設されたもので、王宮の壁から出っ張るように作られている。天井は明かりが少しでも入りやすいようたくさん窓がついているのだが……巨大な植物がその天窓を突き破ってうにょうにょと蠢いていた。その下に、部屋の持ち主であるオーウェンが佇《たたず》んで、ぼんやりと植物を見上げている。

「ちょっとこれ……」

ナユラが呆れながら近づいていくと、オーウェンは振り向いた。

「先生、マンドレイクが暴走しました」

「……見れば分かるわよ」

まったくもって先程のヤトの言葉は的を射ている。第一王子のオーウェンは王位継承者であるはずが、国にも政治にも一切興味のない変わり者なのだ。

彼の興味を引くのは昔から魔術学だけ。幼くして魔術に魅了されてしまったオーウェンは、昔からナユラを先生と呼んで魔術を教わりたがる。

彼の目の前で天井を突き破っている巨大な植物は、彼の育てていたマンドレイクだろう。魔術によく使う植物で、本来は手で持てるくらいの大きさだ。

「何をしたの？」

「マンドレイクが弱っていたので、滋養強壮の魔術を試してみました」

彼は淡々と状況を説明する。

「なるほど……それで暴走したと……」

見れば、マンドレイクは人の形をした根の半分が土から出てきておおんおおんと鳴いており、その頭についている巨大な葉っぱはわさわさと揺れて怪しげな粉を振りまいている。

「これやばくないすか？」

扉からこそっと中を覗くヤトが、マンドレイクを見上げて言った。

「ええ……良くないわね」

ナユラは額を押さえて唸り、部屋の中を見回した。

「ペンを」

「先生、私が自分でなんとかします」

「自分の力量は見極めることよ。ペンを」

「……はい、先生」

差し出した手に、オーウェンは特別製の羽根ペンを渡す。

「汚すわよ」

ナユラは床にしゃがみ、羽根ペンで床に図形を描いた。魔術を使うための魔法陣である。描き終えると、ナユラは床の魔法陣に手をつき、一度深く呼吸して唇を開く。

「……ぁ――――――」

低く細く声を響かせる。その声に共鳴して、床の魔法陣が白い光を発した。

声はだんだん強くなり、階段を駆け上がるように音階を上げた。音階は更に細かく変化し、声に言葉がのる。音は、歌になった。

歌に合わせて光は生き物のように立ち上り、うねり、絡み合い、様々な文字や数式に変化して薄暗い部屋の中を躍った。そしてくるくると回転しながらマンドレイクを包み込み、吸い込まれて消えた。

ナユラが息を吐き切って歌をやめると、マンドレイクは元の小さな姿に戻っていた。

「これでもう大丈夫ね」

ナユラがペンを返すと、オーウェンはキラキラと目を輝かせて受け取り、ぐっとナユラに詰め寄ってきた。

「先生、今日は音階がいつもと違いましたね。第二節から第六節までの力点《りきてん》をあまり出力していませんでしたが、根や菌を狙ったものではなかったんですか？　灯火式が少なめでしたが、もしかして……魔力分子を極小に分解して強制的に気孔《きこう》を狙ったものですか？」

「オーウェン殿下、もう少し分かる言語で」

入口からヤトが困惑気味に突っ込んだ。が、

「根に寄生する菌は魔力干渉しやすいけど、根腐れを起こしやすいわよ。気孔からの注入は反動が大きいから、細胞壁を直接刺して支配したの。それと、第二節から第八節よ。灯火式は１０５６０００３３４７１０９で展開すれば弱くならないわ」

「魔女様、もっと分からんことというのやめて」

「なるほど、よく分かりました」

「分かったのかよ！　やべーな！」

ヤトが呆れたように叫ぶ。

ナユラはじろっとヤトを睨んで黙らせ、オーウェンに向き直った。

「オーウェン、研究室を壊すのこれで何度目？」

「……百七十八回目です」

オーウェンは記憶をたどるように一瞬間を空けて答えた。

何で覚えてるんだ……覚えてるなら気を付けようとか思わないのか……？

「危ないことをするなって何度言えば分かるの。マンドレイクに滋養強壮なんて……

自殺行為よ！」

「魔術学のために死ねるなら本望です」

「馬鹿言うんじゃない！　それに、他の人が怪我《けが》するかもしれないでしょ」

「魔術学のために死なせるなら本望です」

本気かこいつ……ナユラは呆れて言葉を失った。

研究室の外からおっかなびっくり様子をうかがっていた女官と衛兵が一瞬で逃げ出した。賢明な判断すぎて頼もしいと思う。

「オーウェン……あなたに話があります」

「何ですか？　ナユラ先生」

やはりこれしかない……ナユラは改めて決意し、口を開いた。

「私はあなたのこと、魔術学の弟子だと思ってるわ」

「はい、もちろんです。先生」

「私はあなたの師として、あなたに足りないものが何なのかようやく分かった。それはね……協調性よ」

険しい顔で断じる。

「魔術学は時に大勢の魔術師と力を合わせて術を作り上げるもの。そのためには協調性が必要よ。あなたにはそれが足りない。一人で暴走して事故を起こすわ」

「えー……？　魔女様が協調性とか言います？　根暗引きこもり魔女のくせに？　てか、自分だって大広間ぶっ壊してたじゃないですか」

いまだ入口からのぞいているヤトがこそっと言った。

余計なことを言うんじゃない、そこの召使！

「オーウェン、魔術学を極めたいなら、人と協調することを学びなさい」

厳しく言うが、何故かオーウェンの反応はない。

興味がないのか？　ナユラは少し焦って先を続けた。

「あなたには魔術学の仲間が必要よ。共に学び、共に高め合えるような仲間が。だから私はあなたの他に弟子を取ろうと思う」

オーウェンはしばらく黙っていた。何を考えているのかよく分からない真顔で長い沈黙を守った後、小さく口を開く。

「……先生がそうなさりたいならどうぞ」

「ああ、そう？　よかった！」

承諾してくれてほっとした。魔術オタクであるオーウェンに最高のお嫁さんを見つけるために考えた作戦が……これなのだ。

魔術オタクには魔術オタクをぶつける。我ながら良い作戦だと思う。

「じゃあ、希望者が集まったら教えるわ。あなたと一緒に学んでもらうわね」

「……はい」

オーウェンは硬い表情で答える。緊張しているのだろうか？　彼は人見知りする性格でも物怖《ものお》じする性質《たち》でもないから、こういう様子は珍しい。

ナユラが不可解に思っていると、オーウェンは壊れた研究室を放ったまま出て行ってしまった。

「魔女様、これは悪手《あくしゅ》だと俺は思いますね」

ヤトが皮肉っぽく言った。

第一王子オーウェンと共に魔術学を学びたい令嬢求む――！

この知らせはたちまち国中の貴族の間を巡った。

魔女と噂される王妃からの知らせに有力諸侯はざわついた。それはもうざわつくに決まっている。上手《うま》くすれば娘を次期王妃に――!?　という欲と、可愛い娘が魔女の餌食《えじき》に――!?　という恐怖に。

そして一月後、王宮に五人の令嬢が集まった。

令嬢たちの煌びやかな装いときたら……陰の粋を集めたナユラとは似ても似つかぬ麗しさで、愛らしくにこやかに微笑んでいる。

「初めまして、みなさん。よく来てくださいました。私があなたたちに魔術学を教えるナユラよ。先生とでも呼んでちょうだいね」

ナユラはにっこり笑って挨拶した。根暗引きこもり魔女でも息子のためなら愛想笑いくらいしてみせる。

「ごきげんよう、王妃様。お招きありがとうございます」

「お目にかかれて光栄ですわ」

「王妃様に呼んでいただけるなんて嬉しい」

「オーウェン殿下は私たちを気に入ってくださるかしら？」

令嬢たちのキラキラ……いや、ギラギラが眩《まぶ》しい。凄《すご》い圧を感じる。何か計り知れない、世界の深淵《しんえん》に迫るような圧力を……

ナユラは頬を引きつらせながらも、努めて冷静に振舞った。

可愛い息子のためなら、世界の違うキラキラ令嬢とだって仲良くしてみせようじゃないか。そもそもこの呼びかけに応じたのだから、少なからず魔術学に関心を抱いているのだろう。ならばオーウェンとは気が合うはず……

「それじゃあ、オーウェンの研究室に案内するわ」

ナユラは彼女たちを先導してオーウェンの待つ研究室へと向かった。いつもそこで彼に魔術学を教えているのだ。

一か月前に壊れた研究室の屋根はもう修理されている。金はかかった……が、オーウェンの研究がそれ以上の金を生むと知っている有力貴族たちは、いくらでも彼のために金を出す。

今回集まった令嬢たちも、そういう有力貴族の娘だ。

さあ……上手くいってくれ……

ナユラはそう願いながら研究室の扉を開いた。瞬間――

「……オーウェン!!」

雷よろしく怒鳴った。

部屋の中は、無数の本が散らばってぐちゃぐちゃになっている。何故だ！　昨日綺麗に片づけておいたはずなのに！

ナユラがわなわな震えていると、本の山がごそごそ動いてそこからオーウェンが起き上がった。寝ぼけ眼《まなこ》でぼんやりしている。今朝は朝ご飯を食べにこなかったと思ったら……

「あなた何やってるの！」

慌てて駆け寄ると、彼は本の中から這《は》い出てきた。

「おはようございます、先生」

「こんなに散らかして何してたの！」

「おはようございます、先生」

「おはよう！　何してたの！」

「夜中に突然気になったことがあって、調べ物を」

ナユラはくらくらした。自分は今、彼を引っぱたいても許されるか……？　いや、暴力はいけない。

「オーウェン、今日はあなたと一緒に魔術学を学ぶ仲間を連れてきたわ」

ナユラはどうにか冷静さを保って令嬢たちを紹介する。

背後にいた令嬢たちは部屋の汚さに驚いていたが、オーウェンの姿を見てその驚きを投げ捨て、瞳をキラキラ輝かせた。輝きと圧が激増している。この圧で国一つくらい滅ぼしてしまえるんじゃないかとナユラは思った。

「とりあえず……みんな座って」

ナユラは研究室の真ん中に置かれている大きなテーブルを示した。令嬢たちは優雅な所作で散らばった本を避けながら席に着こうとしたが、オーウェンが彼女たちの前に立ちはだかった。一番前にいた戸惑う令嬢に、オーウェンはぐっと顔を近づけた。間近で凝視され、令嬢は緊張と羞恥に頰を染める。オーウェンはまばたきをあまりしない性質で、見つめられると奇妙な圧がある。

「どの分野？」

彼は端的に聞いた。魔術学のどの分野が好きか？　あるいはどの分野を学んでいるか？　そう聞きたいのだろう。これは彼女たちに、関心を持っている……？

「ええと……私は……」

「サリウディケの魔術力学に興味は？」

「え、あの……」

とっさに答えられない令嬢から、オーウェンは一瞬で関心を失った。隣の令嬢に問いかける。

「きみは？　魔術力学と魔術生物学ならどちらを？」

「い、一から学びたいですわ」

「へえ、きみは？　何を学びに？」

更に隣の令嬢へ……。何か……様子が変だ。彼はこんな風に人と積極的な関わりを持とうとするような性格ではないし、そもそも威嚇《いかく》するような態度を取る人間でもない。なんというか、機嫌が悪そうな……

ナユラが助け舟を出そうとすると、問われた令嬢は必死の形相で言葉を返した。

「私は幼い頃から魔女に憧れてきましたの！　魔女になりたいのですわ！」

その答えにオーウェンは眉をひそめた。ナユラも目をぱちくりさせる。すると――

「魔術学を学んだところで我々は魔女になれませんよ」

一番後ろにいた令嬢がぼそりと言った。癖のない真っすぐなチャコールグレイの髪に、鮮やかなコバルトブルーの瞳が印象的な令嬢だ。彼女は他の令嬢たちと違い、あまりキラキラしていない。

「魔女の力は生まれつきの素質で、後天的に魔術を習得しても魔女にはなれません。魔力回路の構造自体が違う。私たちが目指すところは魔術師であって魔女ではない。そもそも現代の魔術学というものは魔術を習得するというより、魔術を物理的に工学的に分析してそれを農業や工業に流用する技術のことです。我々の父たちがオーウェン殿下に援助をするのも、それが目的かと」

ナユラはぱちぱちまばたきしながら感心した。

「よく勉強してるわね。ええと、あなたは……」

「フレイミー・ロダンウォールと申します」

フレイミーと名乗る令嬢はナユラに向かって丁寧に礼をした。そしてちらとオーウェンの方を見る。オーウェンもフレイミーを見ている。両者の視線が絡み合うその様を見て、ナユラはドキッとした。

これは、もしや……

息を潜めて見守るが、フレイミーは微笑んだり照れたりすることもなく何故か怖い顔でオーウェンを睨み――ぷいっと顔を背けてナユラに向き直った。

「私は幼い頃から魔術学を学んでおりました。魔女である先生に魔術学を教えていただけること、本当に嬉しく思っています」

素直なその言葉に、ナユラはちょっと感動した。少し申し訳ない気持ちにもなった。この純粋な気持ちを利用しようとしているのだから、せめて魔術学は真剣に教えよう。

「フレイミー、あなたはどういう分野を勉強したいの？」

「私は魔術学の中でも特に、魔術史が好きです」

今までの硬い表情が一変、ぱっと花が咲くようにフレイミーは笑った。

おや、可愛い……この可愛らしい笑顔を見ているか？　と、横に目を向ければ、オーウェンの険しい顔がそこにあった。

「矛盾している。魔術史こそ現代の魔術学からは少し離れた分野だ」

彼はいささか険のある声で、喧嘩《けんか》を売るみたいに言った。彼が他人にこういう話し方をするのは珍しく、ナユラは少し驚いた。

「魔術学については一般論を申し上げましたが、それと個人の嗜好《しこう》は別の話です」

フレイミーは冷たく言い捨てる。なんだか……彼女もオーウェンに喧嘩を売っているような……

「リンデンツの魔術史は特に興味深いと思っています。二百年前、国を襲った悪魔を教会の地下に封じたという英雄王ドルガーの伝承は、研究者の間でも特に注目を集め

ている と聞きますし」

「彼を単純に英雄視するのは疑問だ。悪魔にとりつかれた息子を救えずに処刑した残虐な王という説もある」

「悪魔にとりつかれてしまったのなら、他に救いようなどなかったのでは？　悪魔憑《つ》きというのは恐ろしい存在ですから」

「悪魔憑きであるというだけで救いがないと決めつけるのはあまりにも愚かだ。息子も救えない男を英雄視するのは馬鹿げている」

「けれど、悪魔が封じられたことは事実です。災いをもたらす悪魔を封じたおかげで、リンデンツは実り豊かな国になったのですよ」

「それはただの伝説だ。豊穣《ほうじょう》をもたらすのは、長年の研究に裏付けされた魔術学による治水や土壌改良……。英雄なんかではない」

「現実に、ドルガー王以前と以後では作物の収穫量に明確な差があるという事実をお話ししているだけです。人口もずっと増えたと……」

「それは単に、ドルガー王が魔術学に明るかったというだけの話だ。英雄とか悪魔とかは関係ない。彼は農業的な技術を極めた魔術師だったんだ」

「いいえ、彼が悪魔を封じたという文献はいくつもあります。ドルガー王は悪魔封じの力を持つ魔術師だったんです。そして悪魔が封じられた教会は、今でも悪魔が蘇《よみがえ》らないよう土地を守っているんです」

ぎりぎりと歯噛みして二人は睨み合う。

「みなさまはこの件に関してどういう意見をお持ちですか⁉」

フレイミーは怖い顔で他の令嬢たちをぎょろりと睨んだ。

令嬢たちはひいっと呻き、おたおたし始める。

「そ、そんなことを聞かれても……」

「私たち、分かりませんわ」

「どっちも違うわよ」

収拾がつかなくなった中、ナユラは言った。

一同の目が一斉にこちらを向く。

「ドルガー王はそもそも、魔術師じゃなかったもの」

オーウェンとフレイミーが驚愕の表情を浮かべる。

「先生、それは本当ですか？」

オーウェンが深刻な顔で問い詰める。

「ええ、だって……会ったことがあるから」

「……え⁉」

オーウェンとフレイミーは同時に目をまん丸くした。

「ドルガー王でしょう？　私が住んでいた北の森に入ってきたことがあるのよ。あの人、別に魔術師じゃなかったわよ」

「じゃあ悪魔を封じたのは!?」

「この国が実り豊かになったのは!?」

同時に詰め寄られ、ナユラは後ずさる。

「単に頑張ったんじゃない？　王として」

「そう……だったんですか……」

体から空気が抜けてゆくように零《こぼ》したのはフレイミーだった。彼女はしばし脱力し、真っすぐにナユラを見つめた。

「本当は私、リンデンツ王家と悪魔と魔術の関わりについて研究をしたいんです」

真摯に告げる。

「リンデンツの王族は生来魔力が強く、優れた能力を持っていることが多い。その反面、時折悪魔憑きや奇病に冒される者もいる。それらはみな、英雄王ドルガーの恵みか、或《あ》るいは彼に封じられた悪魔の呪い……などと言われています。その証《あかし》が、王族の髪と瞳の色だと」

フレイミーはオーウェンを見た。その赤毛と灰緑の瞳を——

そう……これはリンデンツ王家の特徴だ。血が繋《つな》がっているのに、髪や瞳の色が遺伝しない。同じ親から生まれた五人の王子たちは、全員色が違うのだ。

フレイミーは再びナユラに向き直る。

「これほど不可思議な特性を持つ王族は他国に存在しません。ドルガー王の時代に何があったのか……これはリンデンツの魔術史において一番の謎とも言われています。私はその秘密を解き明かす研究をしたいんです。ですからぜひ、先生のもとで魔術学を学ばせてください」

「ええ……もちろんあなたたちに魔術学を教えるつもりだけど……」

おかしなことに関心を持つお嬢さんだと思いながら、ナユラが応じたその時、

「ダメです」

と、オーウェンが言い出した。

「他の弟子は必要ない」

きっぱりと拒絶され、フレイミーは怒りの表情を浮かべた。

「あなたにそんなことを決める権利はないはずです」

「北の森の魔女は私と弟たちだけの魔女だ。他の人間にはやらない。先生は私だけの先生だ。他の弟子はいらない」

「私は物じゃないわよ」

ナユラは思わず文句を言う。

するとフレイミーが、ナユラを突き飛ばす勢いでオーウェンの前に出た。

「私は今まで独学で魔術学を必死に勉強してきて……やっと昔の歴史を知る本物の魔女様に魔術学を学べる機会がやってきたのに……あなたみたいに恵まれた環境でぬくぬく育ってきた王子様にそんなことを言われる筋合いはありません！　最初からいけ好かない人だと思ってた！」

ナユラはそれを聞いて眩暈がした。

さ、最初からいけ好かない人だと思っていたのか……

「その研究は無駄だ。リンデンツ王族の血液や魔力回路は昔から多くの魔術学者が研究してきたが、何も分かっていないし、ドルガー王に関しての記録もほとんど残っていない」

「昨日分からなかったことを明日の私が研究するのです」

「無駄だし、邪魔だ。私はきみをこの研究室には二度と入れない」

オーウェンは彼らしからぬ厳しさで言い、完全に戦意喪失している他の令嬢たちに目を向けた。

「きみらもいらない。魔術学に興味がない人間をここに入れたくない。全員出て行ってくれ」

と、入口を指す。

「先生、かまいませんね？」

「……どうしても嫌なのね？」

「嫌です」

オーウェンは頑として言った。彼がこういう顔をしたらもう絶対引き下がらないと、ナユラは過去の経験で知っていた。ナユラは顔をしかめてしばし唸り、腰に手を当てて頷いた。

「分かったわ。ここまで来てもらって申し訳ないけど、みなさんにはお引き取りいただきます」

「そんな！　先生……！」

フレイミーが悲痛に叫んだ。

「あなたには、大学の推薦状を書くわ。あなたが好きなだけ研究できるよう、魔術史の研究室に入れるよう手配する。ごめんなさい」

「え……私、大学の研究室に入れるのですか？」

絶望の表情から一転、彼女の顔に光が差す。

「ええ、そこで思う存分学んでちょうだい」

「あ、ありがとうございます、先生」

フレイミーは信じられないというように己の頬を押さえる。

ナユラはつくづく思い知った。自分の考えが間違っていた……魔術学に関心のある令嬢なら、オーウェンと気が合うんじゃないかと考えた自分が間違っていた……

オーウェンがこの部屋に入れないと宣言したのなら、彼はもう絶対にフレイミーを受け入れない。

ナユラの計画はあっさり水泡に帰《き》したのだった。


令嬢たちが帰ると、オーウェンは研究室の床に散らばる本を片付け始めた。

自分の研究室がようやく静かになったことに安堵《あんど》する。

昔から、他人が知覚範囲内にいると居心地が悪くて耐えられない。

「あなた、ずいぶんフレイミー嬢を嫌ってたわね」

オーウェンと同じく本を片付けていたナユラが言った。

「そうですね……好きではないです」

あれは敵だとオーウェンの感覚は告げていた。

「そう……あなたは女の子を好きになったりしないのかしらね？」

ナユラは本を拾いながらぽつりと零した。

何の話だろうかと思いながら、オーウェンは正直に答えた。

「好きな女の子ですか？　いますよ」

「ああ、そうなの……ええ⁉　そうなの⁉」

ナユラは仰天して顔を上げた。目を真ん丸にしてこちらを凝視している。

「え、え、誰？　私の知ってる人？　任せなさい、間を取り持ってあげるから」

興奮して顔を赤くしながらナユラはオーウェンの腕をつかんだ。この人は何をおかしなことを言っているのだろうかと思いながら、オーウェンは首をかしげた。

「先生ですよ」

「は？」

「先生が好きです。この世にいる女の子の中で、先生のことが一番好きです」

この世にいる人間――と定義してしまうと弟たちが入るから一番は決め難《がた》いが、女性と限定すればその答えは簡単だった。

そんな分かり切ったことを、何故今更尋ねるのだろう？

「だから、先生が他の弟子を作るのは嫌ですね」

真剣な顔ではっきり言うと、ナユラは困惑顔になった。

「しょうがないわね、分かったわ。弟子はあなただけよ。生涯であなただけ。他の誰も弟子にはしないわ」

ナユラがそう言うので、オーウェンは満足そうに頷いた。

「特にあのフレイミー嬢は二度と近づけてはダメです」

「あの子はあんなに熱心なのに」

「熱心だから……ですよ」

怪訝《けげん》な顔をするナユラに、オーウェンは顔を近づける。相手と意思の疎通を図る時、距離感がいまいち分からなくてこういうことをよくする。

「彼女は魔術史を専門にしている。そして、リンデンツ王族の特性に深い関心がある。そういう研究を、この王宮の中でしてほしくありません」

「まあそうね……自分のことを調べられて面白いわけないわね」

「そういうことです。余計なことを探る人間はいらない」

頑《かたく》なに言うオーウェンを見つめ返し、ナユラはふっと笑った。

「そんなもの、心配する必要ないわ。全然ない。何が起ころうと全部私が守るから、あなたが心配しなくていいのよ」

その言葉に、オーウェンは自分の内側が解《ほど》けてゆくような気がした。

昔から、人の言うことは分からない。人も、オーウェンの言うことが分からない。この世の誰とも通じ合えず、世界にぽんと一人で放り出されたような感覚になる。だけど……彼女の言葉だけはいつでも分かった。そして彼女も、オーウェンの言葉を理解してくれた。

自分がこの世で一番彼女を分かる……と、オーウェンは時々思う。だから――

「先生は……私を結婚させようとしているんですか？」

オーウェンはずっと感じていたことを素直に聞いた。度肝を抜かれたらしいナユラは持っていた本を落とす。

「え!? は？　いえ、何のこと？」

誤魔化す。しかしオーウェンはじーっとナユラの顔を見つめる。間近で凝視し、彼女の内側を覗こうとする。しばらくそうしていると、ナユラは渋々首を縦に振った。

「ああ、やっぱりそうだったんですね」

オーウェンはほっとして笑った。そういうはっきりとした笑顔を見せるのは珍しいことだった。オーウェンの世界はいつだってこの頭の中にあり、外の世界に触れる時はだいたい無表情だ。

「よかった……」

思わず零すと、ナユラは怪訝な顔をした。

「あなたは私たち兄弟のもので、私はそれを独り占めしたいとは思わない。だけど、先生は私だけのものです。それを他の人と共有したいとは思わない。だから、先生が本心から他の弟子を欲しがっているんじゃなくてよかった」

心から安堵して、にこにこと笑ってしまう。

ナユラは呆れて口をぽかんと開き……笑み崩れた。

「分かった、分かったわよ。あなたは本当に……兄弟で一番欲張りだわ」

「そうですね、私は弟たちと違って欲が深いんです。だから約束ですよ？　フレイミー嬢をもうここに近づけないって」

「そんなに警戒しなくても……」

「ダメです。危険な研究をしたがっている以前の問題で、私は彼女が本当に嫌いなんです」

オーウェンは眉をつり上げた。

「驚いた。あなたがそんなに人を嫌うの、初めて見たわ」

「ええ、こんなに人を嫌いだと思ったのは初めてです。あんなに人と話して腹が立ったのも……」

その時の感覚がありありとよみがえり、オーウェンの表情はますます険しくなる。

「そんなに腹が立ったの？」

「……私は人が何を言っているのかよく分からないし、人は私が何を言っているのかよく分からない。人が何で笑うのか、何で怒るのか……それも分からない。だけど、フレイミー嬢の言うことは理解できました。彼女も私の言葉を理解していた。なのに、全く通じなかった」

ナユラとであれば何でも通じ合える。なのに、フレイミーは全く違っていた。

「苛々《いらいら》して、本当に本当に腹が立って、頭の中がそれでいっぱいになりました。当分忘れられそうにないくらいです」

何でこんなにと思うくらい、ずっと腹が立っている。

「そう……あなたと彼女は本当に相性が悪かったのね。魔術学を好む女の子との相性が悪いのかしら？」

ナユラは難しい顔で考え込んでしまった。

オーウェンは積み上げた本を本棚に戻しながら言った。

「先生とだったら結婚してもいいですけど」

「……はあ？」

ナユラは驚いたような呆れたような声を出した。驚かれた理由はよく分からなかったが、オーウェンはその状況を想像して首を振った。

「父上まだ生きてますしね。無理ですよね」

「当たり前でしょ！　父親を殺すんじゃない！」

ナユラは牙を剝いて怒鳴った。彼女は父を好きなようだから、無理だということは初めから分かっている。というか、そもそもオーウェンは彼女と結婚したいわけではない。してもいいと思っているだけだ。そして彼女でなければ、他の誰でもまあ同じようなものだとも思うのだった。

正直に言ってしまえば、世に数多《あまた》いる女性の区別がオーウェンにはついていなかった。はっきりと認識できているのはナユラ一人だ。だから――

「だったら相手は誰でもいいですよ」

正直に言うと、ナユラは眉をつり上げた。

「そんなこと言っちゃダメよ。生涯を共にする相手なんだから、誰でもいいなんて言わないで。少なくとも、私は誰でもいいなんて思ってないわ。あなたが幸せになれる相手じゃなくちゃ嫌よ」

怖い顔で怒られ、オーウェンは嬉しくなった。

「だったら私はなかなか相手を見つけるのが難しそうだ。先にランディの相手を探してあげてください。ランディは恋人がたくさんいるから、きっとすぐにいい相手が見つかりますよ」

言われてナユラは唸った。

「うーん……そうね、手始めにとりかかる案件としてあなたは厄介がすぎたかもしれない。恋多き男のランディから始めるべきだったのかもしれないわね」

第二章　第二王子は星月夜に乙女を泣かせる

「俺は今まで生きてきて、自分より優秀な人間には会ったことがない。結婚するならこの俺に相応しく、この世で一番いい女を妃にするべきだ」

第二王子のランディがそう言ったのは、十歳の頃である。

ナユラが王妃になってすぐのことだ。

彼は明朗快活な少年で、華やかな美貌と主張の強い頭脳や身体能力があった。本人が自覚している通り優秀で、苦手なことがおよそなく、上に立つ者の空気を纏って生まれてきた生粋《きっすい》の王子様だった。

ただ……一つだけ欠点を挙げるとするなら、彼はどうしようもなく性格のねじ曲がった少年だった。人を舐めくさり世の中を舐めくさり、他人を豚の餌くらいにしか思っておらず、優しさや誠実さなんてものは異界の言語かというほどだ。

「少なくともお前のような素性の知れない怪しげな魔女なんてものは、王家に相応しくないな。お前を妃にした父上は正気を失っていたんだろう」

などと言いやがった。

とりあえず夫をあしざまに言われたナユラは、彼をひっつかまえて尻をぶった。虐待？　知るか。こちとら根暗引きこもり魔女二百九十歳だ。そういう女の手加減のなさをあまり舐めないでいただきたい。

尻をぶたれたランディは屈辱で顔を真っ赤にしながら泣きわめいた。十歳の少年にしては幼稚な泣き方だったのを覚えている。

そしてその半年後、彼はまたまた言った。

「俺が結婚するなら相手は俺に相応しく、この世で一番いい女であるべきだ。だから、ナユラだったら俺の妃にしてやってもいいぞ」

偉そうにふんぞり返って言ったのだ。

「つまらない冗談言うのはやめなさいよ」

「ふん、冗談なものか。お前なら俺に相応しい。だから……父上が傍にいなくても寂しがらなくていいぞ」

そこでナユラはようやく、病で眠り続ける王に心を痛めているナユラを、彼が心配しているのだと分かった。

「ありがとう、ランディ。あなたは優しい子ね」

ナユラは笑って彼の頭を撫《な》でた。

彼は他人を豚の餌としか思っていないようなねじくれ者だが……身内をとても愛している。その身内の中に、彼はナユラを入れてくれたのだ。


「というわけで、ランディのことを先に考えることにしたわ」

自室のソファに腰かけて、ナユラはそう宣言した。

「そーすか、まあ頑張ってください、魔女様」

召使のヤトがたいそうやる気なさげに相槌《あいづち》を打つ。

「まず作戦会議をしましょう。ランディははたから見てどんな王子かしら？」

「三百人の女を弄《もてあそ》んで捨てた色魔のクソ王子」

と、即答。

「いや、たしかに否定できないけど言い方ってものがあるでしょ」

「じゃあ、裏表の激しい嗜虐《しぎゃく》趣味の腹黒王子」

「それも否定できないけど！」

ナユラは思わず目の前の低いテーブルをバシンと叩いてしまった。

「ランディ殿下はそのようなお方なのですか⁉」

女官のナナ・シェトルがびっくりして口元を押さえた。

「いや、あの子にだっていいところは……」

ナユラの声は途中で消えた。庇う言葉が思いつかない……

「ランディ殿下は美しく賢く立派で、女性の理想そのものだと……みなさんが噂しているのを聞いたことがありますけれど……」

ナナ・シェトルが困惑気味に言う。

「え？　女性の理想……？」

あれが理想だというなら、リンデンツの女子は終わっている。

ランディという子は何というか……幼い頃から異常にモテた。他人を豚の餌程度にしか思っていないあの若造が、何故か異常にモテるのだ。若い娘というのはそういう男に惹《ひ》かれる時期があるのかもしれない。恐ろしい話だ。

しかしながらランディは、いくらモテたところで誰にも本気になることなく手当たり次第に女の子を弄んでは捨ててきたのである。

彼に女の生霊が百人ついていると言われてもナユラは驚かないと思うし、十人の女に同時に刺されても納得してしまいそうだ。

「ナナ・シェトル、もう少し男を見る目を養った方がいいと思うわ」

ナユラは思わず言ってしまった。

「いや、あの子にもいいところはあるのよ、本当よ。だけど……本当に何考えてるのかしら、あの子……」

「それはもちろん、俺がこの国を統べるべきだ——と、思ってるだけだけど？」

朝食の席でナユラの問いかけにランディは答えた。どういうつもりで女の子と遊んでいるのかという質問の答えがそれだった場合、こちらはどう反応したらいいのだろうか……？

いつも通りの魔女の食卓。今日の朝食はイワシのパイとカブのスープだ。

ランディの言葉を聞き、ナユラはイワシのパイにフォークを突き刺しながら唸った。

「……ぜんっぜん質問の答えになってないわよ？」

「だから、妃に相応しい最高の女を探してるという意味だよ」

「ああ、なるほど……いや、そもそも、あなた王になりたいの？」

他人＝豚の餌な彼が王に？　国の終焉《しゅうえん》か？　危ぶむナユラをランディは軽快に笑い飛ばした。

「まさか！　それは兄上の仕事だ。ねえ？」

隣に座っていた兄のオーウェンに声をかける。

「そうだな、やりたくはないが仕方がない」

確かに、今のところ王位継承権第一位は長男のオーウェンにある。叔父はあくまで国王代理で、王位継承権はすでにない。リンデンツの王位継承は限定的で、必ず現在の王の子でなければならないのだ。それなのに、一度も血が途絶えることはなかった。王になった者には必ず複数の子が生まれている。それはいずれも、美しく強く優秀な王子や王女だった。

「ほら、兄上はこの調子だ。ここは俺が裏から兄上を操って上手く国を動かしていくのが最善だと思うだろ？　無能で頭の悪いお飾りが操り人形になってくれれば、俺は楽に仕事ができる。ねえ、兄上？」

ランディはまた、にこやかに話しかける。

「ランディ……お前は本当に頼もしいな」

無能で頭が悪いと言われた天才は感心したように言った。

感心するところではないだろとナユラは思った。

「お前がいてくれるから私は好きに生きられる。この世で一番信頼してるよ、私の可愛いランディ」

「なあに、無能な兄上を支えるのは弟の役目だ」

「お前は本当に良い子だな。私はお前のそういうところが大好きだよ」

「あははは、俺も兄上のそういう頭の悪いところが大好きだ」

今日のイワシパイ美味《うま》いなとナユラは思った。

しかしそれ以上現実逃避しているわけにもいかず、口を挟む。

「兄弟仲が良くて結構。だけどこっちの話も聞いてくれる？」

「何だい？　ナユラ」

「立ち入ったことを聞くけれど、ランディ……あなた今、お付き合いしてる女性がいるそうね？」

ナユラはテーブルに肘をついて手を組み、真剣な――あるいは脅すような顔で問いただした。

ランディは目をしばたたき、首を捻り、ふっと笑った。

「いるよ」

「どちらのお嬢さん？　一国の王子の妃になるかもしれないお嬢さんなんだから、重大な話よ。真剣に吟味する必要があるわ」

ナユラはぐっとテーブルに身を乗り出す。ランディは肩をすくめ――

「俺はいつだって真剣だよ。今お付き合いしてるのは……」

と、指を折り始め――

「七人だ」

ステキな笑顔で答えてみせた。

「………は⁉　七人⁉」

「そう、七人」

再度明言する。この罰当たりの頭をはたいても神はお許しくださるか……？　魔女の分際で神に語り掛けそうになる。

「それはつまり、真剣なお付き合いではない……ということ？」

「俺はいつだって真剣だよ。いつだって本気で俺に相応しい相手を見つけようとしてるだけだ。だから――それに応《こた》えられない彼女たちが悪いのさ」

あまりの言いようにナユラははくはくと口を開閉させる。しばし餌を求める魚の真《ま》似《ね》をした果てに、ナユラは深々とため息を吐いた、そしてぐっと目を上げる。

「ランディ、そういうことはやめなさい」

「うん？　真剣じゃなく、もっと遊べって？」

「違う！　女の子をこれ以上弄ぶなと言ってるの。普通は一人の相手と真剣に愛し合うものでしょ！」

怖い顔で睨みつけると、ランディは微苦笑する。

「困ったな、俺に相応しい女性がそうそう見つかるとは思えないんだが……」

こいつ絶対困ってないだろとナユラは思った。

「だけどナユラが言うなら仕方ないなあ、ちょうど彼女たちと星見の約束があるんだ。

そこで話をつけてこよう」

「そうなさい。一番大切だと思える一人とじっくり付き合うって大切なことよ」

「ふうん……ナユラはずいぶん恋愛上級者だ。今までにたくさん恋人がいたんだろうなあ？」

流し目で問いかけられ、ナユラは呆れた。

「あなたね……根暗の引きこもり魔女にそんな上等なものがいると思う？　ちょっとは考えてものを言いなさい」

堂々と言い放つと、ランディはおろか同じ席についていたオーウェンとルートとジェリー・ビーまで笑い出した。

星見というのは言葉通り星を見ることで、近頃貴族平民問わず人気だという。

王都の東、王家の所有地である閑静な山の麓に大きな湖があり、その畔《ほとり》は星を眺めるのに絶好の場所らしい。

ランディは呼びつけた七人の彼女たちを連れ、馬車で王宮を発った。

豪奢《ごうしゃ》な六頭立ての馬車を三台連ね、周りを騎馬の衛兵で固め、一行は夜の王都を走る。貴族の屋敷や商家が立ち並ぶ城下を駆け抜け、開けた農村を通り過ぎ、一行は湖へとたどり着いた。

三台の馬車のうち二台にはランディと令嬢たちが、残りの一台には女官たちが乗っていた。女官たちは馬車から下りるとあっという間に立派な天幕を張り、手際よくテーブルや椅子を並べ、ワインやチーズを用意する。

冬の夜空には、降りそそいできそうな満天の星が煌めいていた。

「まあ！　何て美しい星空でしょう！」

「ああ、夢みたいですわ……」

暖かく着込んだ七人の彼女たちは口々に感嘆の声を上げる。

「せっかくだからワインを開けようか」

ランディは優雅な所作で椅子に腰かける。彼の隣の席を争い、彼女たちの間に火花が散った。

その光景を見て——

「……みんな楽しそうね」

少し離れた枯草の茂みから、女の声がした。

「そうですね、先生」

その隣から男の声が……

背の高い枯草の中に這いつくばって潜んでいるのは、ナユラとオーウェンだった。

「ところで先生、何故私まで連れてこられたのですか？」

「それはあなた、私だけじゃ道が分からないからよ」

「なるほど、納得しました」

茂みをガサガサさせながら小声で話す。

「しかしそもそも、先生はなぜここに来たのですか？」

「それはあなた、可愛い息子が気になるからに決まってるわよ」

「……なるほど、納得しました」

ちょっと声の調子が弱くなったので、ナユラは茂みの中で手を伸ばし、隣に潜むオーウェンの頭を撫でた。

「あなたのこともちろん可愛い」

「……知っています。兄弟の中で魔術の話ができるのは私だけだ。私は先生の特別ですよね」

と、彼は無感情に答えたが、しっぽと耳があればパタパタ振っていたに違いないとナユラは思った。

そして枯草の陰からランディの様子をうかがう。煌めく星空の下、ランディと彼女たちは星に負けない輝きを放って軽やかな笑い声を立てている。地べたを這っている根暗魔女にはあまりに眩しすぎる……あの中にまざれと言われたら普通に吐く。

「こんなところに母親がついてきたなんて知ったら、ランディは絶対嫌がるわね。このことは誰にも秘密よ」

ナユラはふと心配になって、横に隠れているオーウェンに念を押した。

するとオーウェンはこれ以上ないほど真剣な顔で頷き、自分の口の前に人差し指を立てて頷いた。

「二人だけの秘密ですね、先生」

「俺もいますけどー？」

と、そこで背後から声がした。真後ろに隠れているのは召使のヤトだ。ナユラとオーウェンが乗ってきた質素な馬車の御者を務めたのは彼である。

三人は枯草の茂みにだんご虫よろしく丸まって隠れ、きらきらしい若者たちの逢瀬《おうせ》を覗いているのだった。

自分は前世でどんな悪行を働いたのだろうかと、ナユラは思った。

「それにしても……何も起きないわね」

ややあってナユラは呟いた。

一行はごく平穏に星見を楽しんでいるようで、今のところ大きな動きはない。例えば、ランディが誰か一人に愛を打ち明けて他の彼女に別れを告げる――などという動きだ。

「何かしらの大きな変化が必要なら、こちらから働きかけてみるというのはどうでしょうか？」

オーウェンが思いついたように発言する。

「うーん……そうね……ちょっとした危険が降りかかったりしたら、何か反応があるかもしれないわね」

「危険……ですか？」

「とっさに体が動いて大切な人を守ろうとするかもしれないわ。それで自分の気持ちが分かるかも……この人が特別なんだって」

彼には本当に、心から愛せる人を見つけてほしい。自分の心に正直になってほしいのだ。

「なるほど、いいですね」

オーウェンは感心したように何度も頷く。

「危険というと、毒蛇に襲われるとか地割れが起きるとか雷に打たれるとか、そういうことですね？」

「そういうことではないわね、死ぬでしょ」

「そうですね、それはよくないですね」

オーウェンは納得したようにまた頷く。

「あ、ほら、衛兵が焚火《たきび》を始めたわよ。あれが使えるんじゃないかしら？」

暖を取るためか、お茶でも淹《い》れるのか……小さな炎が揺らめいている。

「なるほど、焚火を大爆発させるんですね」

「させたらあの子が死んでしまうわね。火の粉をちょっと散らすくらいで充分よ。近くに火の粉が飛んで来たら驚くでしょ」

「驚きますか？」

「驚くでしょ普通」

「先生も驚きますか？」

「私は驚かないけど……」

「私も驚きません」

ナユラは思わずオーウェンと顔を見合わせてしまう。

毎日竈を使っているナユラは火に慣れているし、オーウェンも基本動じない性質だ。

「俺も驚かねーですよ」

背後のヤトもぼそりと言った。

「……まあ試してみましょう」

心許《こころもと》なくなりながらも、ナユラは小声で宣言した。

「じゃあ……始めるわよ」

呟き、指で地面に図形を描く。そして淡く……か細い声を紡ぎ出す。かすかな音色が夜気《やき》に揺蕩《たゆた》い、図形からちらちらと光が立ち上る。その光が風に溶けると、衛兵たちが起こしていた火がにわかに燃え上がり、火の粉が散った。

「きゃ！」

乙女たちの悲鳴が上がる。思わず椅子から立ち上がった者もいた。

が——ランディは座ったまま身動き一つしなかった。彼はしばしのあいだ火を見つめ、首を捻り、軽く左右を見回した。そして——体を前に折り、くっくと笑い始めた。ひとしきり笑うと、彼は体を起こして自分の彼女たちを見やった。

「今日で終わりにしようか。きみらにはもう飽きた」

突然の宣言に、彼女たちは放心する。潜んでいたナユラも唖然として固まった。

ランディは優雅な微笑みで更に続ける。

「今まで楽しませてもらったよ。次はこちらの言うことを何でも聞いてくれる従順で頭も股もゆるい女じゃなく、もう少し面白味のある女を探すことにするつもりだ。俺はきみらのことをこの先二度と思い出すことはないが、きみらは覚えていたければ好きなようにすればいい」

空虚な木枯らしが湖畔を吹き抜けた。彼女たちは反応できない。

「な、な、な……何を言ってるの、あの子は……」

ナユラは目の前の草を握りしめてわなわなと震えた。

「はあ……仕方ないですね。ランディは一度飽きたモノに二度と興味を持ちませんから、もう諦めましょう」

オーウェンがやれやれというように言う。

「たぶん、あいつは最初からこうするつもりだったんじゃないかな……」

ぼそりと付け加える。

「じゃあ私たちは何のために……！」

「草と泥に塗《まみ》れて地面に這いつくばるためじゃないですか？」

ヤトが揶揄《やゆ》するように言う。

「あの性格破綻のクソガキめえええ……！」

ナユラは低く唸った。


その後は地獄だった。

泣き崩れる元彼女たちを置いて、ランディはさっさと馬車に乗りこんでしまう。狼狽《うろた》える衛兵の一人が車上のランディに何か訴えたが、ランディは車内から手を伸ばして衛兵の頬をパーンと引っぱたいた。「ありがとうございまぁす！」と、何故か衛兵がすごくいい返事をするのが聞こえた。よく分からないが怖い。

そしてもうこの場に心一つ残すことなく、ランディは馬車を発進させてその場を立ち去ってしまった。女官たちもその場を片付けて残る二台の馬車に乗り込み、淡々と撤収し、騎馬の衛兵たちもそれに従いその場を去る。

美しい星空と月明かりの湖畔に、七人の令嬢たちだけが残されてしまった。

これは……酷い。あまりにも酷い。他人を豚の餌としか認識してないことは知っていたが、豚の餌だってもう少し大事に扱われているんじゃないかと思う。あいつの血は何色だと叫びたくなりながら、ナユラは我慢できずに茂みから出た。

このまま彼女たちを放っておくわけにはいかないだろう。とにかくまずは家まで無事に送らねば……。

突然枯草をかき分けて出てきたナユラに令嬢たちはびくりとして後ずさり、それが女の姿であることを認識してわずかな安堵を見せた。

「えーと……初めまして、突然現れて不審な女と思ったかもしれないけど、決して怪しい者じゃないわ」

この説明がすでに相当怪しいなと思いながら、ナユラは彼女たちの気持ちをなだめようと言葉を重ねる。

「私はあなたたちがたった今その……別れた、ランディの母よ」

別れたというのはかなり手ぬるい表現だなと我ながら思う。

令嬢たちはそれを聞いてたちまち顔色を変えた。

「安心して、私がこれからあなたたちを……」

送ると言いかけたその時、令嬢の一人がつかつかと歩いてくるなり腕を振り上げてナユラの頬を思い切りぶった。

衝撃と共に鈍く響きの悪い音がして、一瞬あとから拍動のような痛みが追いかけてくる。ナユラは呆然と頬を押さえ、令嬢を見返した。

「この魔女め！」

ナユラを殴った令嬢は甲高い怒声を上げた。わなわなと震えていて、目が血走っている。

「全部あなたのせいよ！」

更に叫びながら、令嬢はナユラの胸ぐらをつかんだ。

「あなたがランディ殿下を唆《そそのか》したんでしょ！　私たちと別れるように仕向けたに決まってるわ！」

「それは誤解よ！　私は彼が真剣にあなたたちと向き合うように望んでたわ！　だけど……」

確かに、一人と真剣に付き合えと言ったのはナユラだ。結果、彼は全員を切り捨てたわけだが……それはナユラのせい……ということになるのか……

「あなたたちには申し訳なかったわ。私がもう少し配慮して……」

「あなたの正体を私たちは知っていますわよ」

令嬢の一人が仄暗《ほのぐら》い声で言った。

「え？　私の正体って……」

自分が魔女であることか？　そんなことはみんな噂で知っているだろう。魔女以外に何かある？　自分にそれ以外の正体なんてものがあるとはついぞ知らなかったナユラはきょとんとする。

「あなた、娼婦《しょうふ》でしょ」

「…………は？」

「誤魔化しても無駄ですわよ。三百年生きた魔女？　嘘ばっかり！　どこからどう見たってあなたはただの人間だわ！　魔女なんかであるはずがない！　どうせ下町で体を売ってきた卑しい娼婦なのでしょ。魔女というのは娼婦の隠語だと聞きますもの」

令嬢は怖い顔でまくし立てる。

ナユラは思いもよらないことを言われてぽかんとするしかなかった。

「ご存じないの？　噂してる人はたくさんいますわよ。あの王妃は魔女の名を騙《かた》る娼婦だと。卑しい身分の女が体で陛下を誑かして王妃の座を手に入れて、今度はランディ殿下に取り入ったのでしょ！　それで私たちにこんな嫌がらせを！」

令嬢は品性をかなぐり捨てて喚き散らした。

ナユラはよろめいた。まさか……魔女であること自体疑われていたなんて……

そもそも、十年前に嫁いでいまだに十代の容姿をしている時点でおかしいだろう。

というか……娼婦って……！　三百年色恋沙汰と無縁に生きてきたこの私が娼婦って！　結婚した後も亡くなった妻を思い続けている夫から指一本触れられないまま今日まできてしまった私が娼婦って！　そんな経験積んでたら、今頃息子の縁談でここまで頭を悩ませてないわ！

怒りのあまりナユラの顔は真っ赤になった。

「私の名誉と夫の名誉のために言っておくけど、私は……」

言いかけた時、不意に嫌な気配を感じた。ざわざわと肌を撫でるような悪寒が足元から這い上がってくる。

地面がかすかに振動し、下を向くのと同時に何かが足をかすめる。よく見れば、それは半透明の蛇だった。

ぎょっとして身を引こうとしたが、蛇はたちまちナユラの足に絡みついた。

冷たい……水のにおいがする……どう見ても普通の蛇ではない。

「きゃあああ！」

甲高い悲鳴が上がり、見ると蛇は目の前の令嬢たちにも襲いかかっていた。七人の令嬢たちを全員捕らえ、シュルシュルと巻きつき体を拘束する。あっという間の出来事だった。

「いやあああ！　何なんですの、これ！」

令嬢たちは大暴れするが、蛇はびくともせずにますます強く拘束する。

ナユラも同じように縛り上げられ、身動き一つできなくなった。

「ふふふん、大漁大漁大漁ですねえ」

弾むような声がして、遠くの暗がりから一人の女が歩いてきた。ずいぶん小柄で、季節に合わない袖のないシャツに七分丈のズボンを穿《は》いている。宝石のついた装飾品をたくさんつけていて、長い黒髪は一本の三つ編みにまとめていた。顔立ちは特に美しいということも醜いということもないが、大きな猫目が印象的だ。歳は分かりづらく、十五歳にも二十五歳にも見える。そんな女が鼻歌を歌いながら近づいてくる。

「ごきげんよう、初めまして。あたしはフィーと申します。とある筋からの依頼で、あなたを殺しに参上しました。北の森の魔女様」

「……なんなの、お前は……」

突然のことに、ナユラは理解が追い付かず縛られたまま呟く。フィーと名乗る女は可笑《おか》しそうに首をかしげた。

「だから今名乗ったじゃないですか。まあこちらも仕事なんでね。さくっと片づけちゃいましょうね」

「放しなさい！　私たちをどうするおつもり!?」

捕らえられた令嬢たちが騒ぎ立てた。フィーは面倒くさそうな苦笑いを浮かべる。

「正直あなたたちのことは何も言われてないんで……」

「じゃあ私たちを解放しなさい！」

「口封じに始末しときますね」

淡々と告げられ、令嬢たちは凍り付いた。

ナユラはフィーの姿をまじまじと観察し、尋ねた。

「あなたは魔女？」

自分たちを拘束しているこの蛇は、どう考えても魔術の産物だろう。この色や匂いから考えるに、おそらくこれは湖の水を操って蛇の姿を模したもの。

これほどの術を使えるというなら、彼女は自分と同じ……

しかしフィーは肩をすくめて首を振った。

「いいえ、あたしは魔術師です。魔女とは全くの別物ですよ。魔術師は技術者ですが、魔女は呪いの産物ですからね」

彼女の言葉は正しい。魔術師は精霊の力を借りて物理法則を捻《ね》じ曲《ま》げ魔術を扱う技術者だ。しかし魔女は違う……魔女とは呪いだ。悪魔に呪われて生まれ、悪魔の力を借りてあらゆる理《ことわり》を無視して魔術を紡ぐ。これは呪いの産物だ。

「さてと……魔女様にはちょっとお待ちいただいて、おまけのお嬢さん方にこの世から退場していただきますね」

揶揄するように言い、フィーは指を振った。蛇が令嬢たちの首に巻きつき、ぎりぎりと締め上げ始めた。

「ぐうう……だ、誰か……」「いや……たすけ……」

「やめなさい！　その子たちは関係ないでしょう！」

ナユラは声を荒らげたが、蛇が強く体を締め付けていてその言葉には何の実行力もない。

「おやおやおや？　そこに隠れてる人がいますねえ」

フィーはギラリと目を光らせ、枯草の茂みを指さした。たちまち茂みにも蛇が出現し、身を潜めていたオーウェンとヤトを縛り上げて宙につり上げた。

「うわ！」

「オーウェン！　やめて！　彼に手を出さないで！」

ナユラは蒼白《そうはく》になって、血が出るほどに叫んだ。

フィーは面白そうににやにやと笑った。

「さあて……どぉしましょうかねえ？　あたしは目撃者、消す主義なんですよねえ。蛇の牙でお腹を裂いてはらわたを引きずり出すとこ、見せてあげましょうか？」

その瞬間――ナユラの頭の中で何かが弾《はじ》け、目の前が真っ黒に染まった。

「どうしました？　北の森の魔女様？　全員仲良く餌食になってくれます？」

フィーがけらけらと笑ったその時――みなを縛り上げていた蛇が――砕けた。

「きゃあ！」

令嬢たちは突然の異変にまた悲鳴を上げ、解放されて地面にへたり込んだ。

それは一瞬の出来事だった。

水の蛇が一瞬で凍り付き、砕け散ってきらきらと地面に降りそそいだのだ。

「え？　な、何ですこれ？　あたしの術が……」

フィーは目を白黒させて氷の散らばる地面を見下ろす。

自由になったナユラは軽く自分の服をはたき、フィーの方へゆらりと目を向けた。

フィーは引きつった笑みを浮かべてこちらを見ている。

「お前は誰の前で魔術を使っているつもりか？」

ナユラは冷ややかな声で問うた。

「……おかしいですねえ……あなたは魔力を封じられているはずでは？」

警戒心を纏わせたフィーの問いに、ナユラは一瞬眉をひそめ――

「もちろん今この瞬間も封じられている」

「じゃあこれは何だっていうんです？　それに、音を媒介にして魔術を使うとも聞きましたが？」

聞かれ、ナユラは服の袖口を縛っていた紐《ひも》をほどき、袖をまくった。

そこからのぞいた白い腕にはいくつもの魔法陣が刻まれている。

「音も魔法陣も魔術を使うための道具ではない。これは枷だ。私がそのように定めた。口がなくとも目がなくとも手足がなくとも、魂一つで魔術を使える……呪われて生まれるとはそういうことだ」

言いながら、フィーに向かって歩き始める。踏みしめた地面が……凍った。一歩一歩、ナユラが歩くたびに地面は音を立てて凍り付き、歩んだ後には死の道ができた。

フィーは引きつった笑みのまま、ごくりと唾《の》を呑んだ。

「これが北の魔女……」

そんな彼女に、ナユラは感情一つ見えない冷徹な眼差しを注ぐ。

「お前に私はどう見えている？　おそらく私はお前が思うほど優しい生き物ではない。考えてみろ。何故、北の森の魔女の名をお前たちが知っているのか……この名が何故人の世に広まったのか……魔女の力を求めて森を侵《おか》した人間たちがどうなったか……考えてみろ。私がどれほどのことをしてきたのか、お前たちは知っているのか？」

淡々と問いかける。フィーは、身動きもできず立ち尽くしている。

ナユラは凍《い》てついた地面と同じほどに冷たい瞳で言葉を紡ぐ。

「私の命を狙いたければいくらでも狙えばいい。私はそれを恐れないし、お前たちに何の感情も抱くことはない。だが……私の息子に手を出したら、私はお前たちを殺すだろう。この国の全部を壊してでも、お前たちを殺すだろう。彼らに傷一つでも付けたら、私はお前と、お前の雇い主を、一人残らずこの世から消すだろう。彼らの命は世界を全て集めたより遥《はる》かに重い。お前は今、そういうものに手をかけた」

ナユラはゆっくりと、フィーに向かって手を伸ばした。

「それでお前はどうする？　若く未熟な魔術師よ。跪《ひざまず》くか？　それとも死ぬか？」

瞬間、フィーの額や首筋からぶわっと汗が噴き出した。

「……どちらも御免蒙《こうむ》りますよ、恐ろしい魔女様！」

そう言うと同時に、彼女は耳飾りを引き千切って投げつける。すさまじい閃光《せんこう》が生じ、あまりの眩しさにしばし目を閉じて、再び訪れた宵闇《よいやみ》に目を開くとフィーの姿は消えていた。

ナユラはそれを認めてしばし放心し、深々とため息を吐いた。

「先生、ご無事ですか？」

辺りが静かになったところで、オーウェンが駆けてきた。

「ええ、大丈夫よ。生意気な子に絡まれて、ついつい若い頃の良くないところが出ちゃったわ。みんなには秘密よ。見なかったことにしといてね」

気まずい思いで口止めすると、オーウェンは真顔で頷く。

「はい、二人だけの秘密ですね」

と、自分の口の前に指を立てる。

「俺もいますって。あと、他にもいっぱいいますよ」

と、氷のかけらを払いながらヤトが言った。

見れば、令嬢たちが地面にへたり込み、抱き合ってガタガタと震えている。

嫌なところを見られてしまった。軽々《けいけい》に吹聴《ふいちょう》されては困る。他の誰に知られたとしても、息子たちに知られるわけにはいかない。襲ってきた刺客を問答無用で殺そうとしたなんて知られたら、教育上絶対に良くない。優しさや思いやりを説いたところでどの口がという話になってしまう。

「みなさん怪我はない？　危ない目に遭わせてしまったわね、屋敷までちゃんと送り届けるから、どうか安心してちょうだい。その代わり……今見たことは決して誰にも言わないでね」

ナユラは安心させるように笑みを添えてそう言ったが、その笑みがどうとられてしまったのか令嬢たちは悲鳴を上げた。

「言いませんわ！　だから殺さないで！」

「いや、殺すわけないでしょ」

「命だけは助けて下さい！」

「だから殺さないってば」

「何でもしますから！」

「……」

ナユラの心が折れかけたその時、遠くから馬の足音が聞こえてきた。

音のする方を向くと、いくつもの揺らめく明かりが見える。それは次第に近づいて、目の前まで来ると馬に乗った衛兵たちだと分かった。

その先頭にいた若者が、真剣な顔で馬から下りた。

「母上!?　ここにいらしたんですか」

驚いた顔を見せたのは三男のルートだった。

「あなたこそ、どうしたの？」

「ランディ兄上から聞きました。令嬢たちを置き去りにしてきたと。だから慌てて迎えにきたんです。後から馬車も来るので」

「ああ、そうだったの。助かるわ」

ナユラはほっと胸を撫で下ろし、ちょいちょいと令嬢たちを指さした。

ルートは蹲《うずくま》る令嬢たちを見て痛ましげに表情を歪《ゆが》め、彼女たちに近寄ると目の前にしゃがみこんだ。

「兄が申し訳ないことをしてしまいました。代わって謝罪します。みなで迎えにきましたので、もう安心してください。危険なことは何もありませんから」

誠実に言い、最後ににこっと微笑んだ。途端――令嬢たちは恐怖心を溶かされたかのように体の力を抜き、ぽーっとルートに見入った。

「あ……まずいわ」

「まずいですね」

呟くナユラにオーウェンが同意する。

「こりゃあやっちゃいましたね」

ヤトがとどめを刺す。

「実はこの子が一番厄介なのよね……」

ナユラは額を押さえて唸った。

「ランディ！　あなた自分が何をしたか分かってるんでしょうね」

ランディが自分の部屋でくつろいでいると、ナユラが突然押し掛けてきた。

「何の話かな？　ナユラ」

ランディはにっこり笑って誤魔化す。

「聞いたわよ、お付き合いしてた令嬢たちに酷いことをしたって」

「ふうん？　聞いたじゃなくて、見てたの間違いだろ？」

にやりと笑いながら言ってやる。ナユラの顔色が変わった。

「あなた……気づいてたのね？」

「さあ、何のことだか？　枯草の中で這いつくばってた魔女様のことなんて何も気づいてないけどね」

「やっぱり気づいてるじゃない」

ナユラは仏頂面になった。ランディはたまらず笑い出した。

「私がいるって気づいたから彼女たちを置いて帰ったのね」

「いや、いなくても置いて帰ったけどね」

「ランディ？」

怖い声で名を呼ばれ、また笑ってしまう。

「俺はナユラが望む通りにしただけだ。彼女たちと綺麗に別れたじゃないか」

「何が綺麗よ！　泥沼だったでしょ！」

「まさか、泥沼ってのはいつまでも別れられない状況だろ。あれだけ手酷く振れば、俺に心は残さないだろうからね。俺を憎むか、すぐ次を見つけるだろ。羨ましいなと思うよ」

「羨ましい？」

ナユラは首を捻った。少し、余計なことを言ってしまったなとランディは思った。

「だって俺は本気で好きになれる相手になんか会ったことがない」

恋多き男だと人はランディを称する。とんでもないなといつも思う。恋なんて、したことがない。その原因は分かっているのだ。

「ナユラが悪いな」

「は？　私？　魔女だから？」

ナユラは目をぱちくりさせて自分の顔を指さした。

原因は分かっている。彼女に……出会ってしまったせいだ。幼い頃、これがこの世で最上級の女だと刷り込まれた。こんな生き物は他にいるわけがないのに、そう思い込まされてしまった。全部そのせいだ。だからランディは、彼女以上の女を探して……未だに探し続けている。

「だけど俺は、魔女のナユラに育てられてよかったと思ってるけど」

ランディがそう言うと、ナユラは怒りの方向を見失ったらしくちょっと困った顔になった。彼女はだいたい、表情が豊かで分かりやすい。

「ランディ……あなた、もっとわがままになってもいいのよ」

しばらく考え込んで、彼女は急にそんなことを言った。

「え？　俺ほどわがままな人間もいないと思うけど？」

何を言ってるんだとばかりに笑う。

「あの令嬢たち……私を娼婦だと言ったわ。馬鹿げた話だけど、そういうことを信じてる人がいるのね」

「ナユラ、そういう奴らは……」

「ここに帰ってくるまで、ずっと考えてたのよ。だからあなた、彼女たちを捨てたんでしょう？　そもそも、そのために彼女たちと付き合ったんじゃないの？　私の悪評を止めるため？　それとも……手酷く傷つけるため？　自分を憎ませようと思った？　ここには二度と近づきたくないと思わせようとした？　もしかしてあなた、全部私のためにやったの？　今までの三百人全部？　彼女たちは全部私の敵だったの？」

「……俺がそんなお人よしに見える？」

「見えないわね。あなたは人を豚の餌くらいにしか思ってない傲慢で根性のねじ曲がった傍若無人な王子様」

ナユラは断言する。ランディは笑ってしまう。その通りだ。が――ナユラの口はそこで止まることなく先を形作った。

「だけど……あなたが誰より家族想《おも》いだってことは知ってる。オーウェンの役割を肩代わりして、矢面《やおもて》に立って、弟たちを守ってる。他の誰を傷つけてでも……。あなたがそういう優しい子だってことくらい知ってるのよ」

ナユラは怖い顔で真っすぐに見つめてくる。

「ナユラは……綺麗だな」

つい、零してしまっていた。ナユラは変な顔になり、ランディのおでこを叩いた。

「あなたは兄弟の中で一番優しい子。だけど、そんなに良い子でいなくていいわよ。もっとわがままでいいのよ」

「……そういうのはもう忘れた」

「私は覚えてる」

「ありがとう。だけど……俺は今の自分を気に入ってる。だから、このまま良い子でいさせてくれないかな」

「……辛《つら》くなったら言うって約束するなら、忘れててあげるわ」

「ありがとう」

ふっと笑うと、ナユラは難しい顔で両手を広げた。

「甘えていいのよ」

真顔で言われ、吹き出してしまう。彼女の手をとり、その指先に口づけた。

この人より美しい女性はこの世のどこにいるのだろう? 自分は底なし沼に足を踏み入れてしまったのだなといつも思う。ただ……抜け出したいと思えないのが一番の問題なのかもしれなかった。

「ところで先生……」

ナユラと一緒に部屋に入ってきていた兄のオーウェンが、ここで初めて言葉を発した。そのままだったらいることに気づかないくらい存在感を消していた。何か、難しい顔で考え事をしていたらしい。

「先生の命を狙ったあの魔術師は、何者なんでしょう?」

「え? ナユラの命を狙ったって……何の話だ?」

ランディは驚いて問いただした。オーウェンはさっきあった出来事を説明し始めたが、彼の言葉はだいたいいつも多すぎるか少なすぎて分かりづらい。内容を理解するにはずいぶんな時間を要した。

「先生は命を狙われる心当たりがあるのですか?」

オーウェンは最後にそう確認した。ナユラは酷いしかめっ面になった。

「……私はこれでも、品行方正に生きてきたつもりよ」

目を逸《そ》らし気味に言う。酷い嘘だなとすぐに分かる。

彼女はどうも、息子の前でいい顔をしたがるところがある。が――二百六十年森に籠って恐ろしい魔女と呼ばれてきた彼女を清いと信じるほど、自分たちも無神経ではない。魔女の命を狙う人間というのはいつの時代も一定数いるものだし、命を狙われた彼女がそういう人間をどのように扱ったところで、自分たちの彼女に対する想いが変わることはないのだ。けれど……

「魔女ってのは無条件に人から憎まれるものだからね」

ランディは彼女の嘘を飲みこんだ。品行方正に生きてきたけれど、魔女というだけで憎まれるのだ――ということにしてあげた。

「あの魔術師は、先生が魔力を封じられていることを知っていた。先生のことをよく調べていて、本気で先生の命を狙っていた。放ってはおけない」

オーウェンが厳しい顔で言った。

「それは同感だよ、兄上」

ランディも言った。

「私のことは心配しなくていいわよ。それより、あなたたちのことが心配だわ。あの魔術師は、オーウェンまで殺そうとしてたのよ」

ナユラは怒りを滲ませる。しかしオーウェンは訝るように眉をひそめた。

「……あれは、ただの脅しでは？」

「脅し？」

「少なくとも私を捉えていた術に、殺意は感じ取れませんでした。そういう魔力は込められていなかった。たぶん、先生に抵抗させないため、私を人質にしただけで……私のことを殺すつもりはなかったと思います」

「つまり兄上、魔術師の狙いはあくまでナユラ一人ということかい？」

「ああ、そういうことだ」

　オーウェンは断言した。この兄は人の世に疎《うと》いが、こと魔術に関して彼の勘は当たる。それはもう絶対的に当たる。

「それは本当に許せないな。魔術師を雇った首謀者を、俺もなんとか調べてみよう」

　彼女の命を狙う者？　そんなの許せるはずがない。別に彼女を手に入れたいとは思わないから、その代わり……彼女を誰にも渡さないと思うのは、自分たちにとって当たり前の権利だ。これは自分たちだけの魔女で、他の誰も近づけさせない。

「俺に任せて、ナユラ」

　見つけたら……生まれてきたことを後悔するやり方で殺しておこう。

　そう決めて、ランディは爽やかに笑ってみせた。

「すみませんねえ、あれは無理です。あたしには殺せません」

深夜、フィーは依頼主に告げた。

「なんということだ……」

「しょうがないです。あれは誰にも殺せませんよ。魔力を封じられてると聞きましたけど、全然ですよ。普通に使ってましたよ」

「ああ、私もそう聞いていた。だが、そうではないらしい。あの魔女は……一定条件を満たせば魔術を使えるというのだ」

「条件？　何なんです？」

「それは分からない」

「じゃあお手上げですよ」

「くっ……このままではリンデンツが滅ぶ……あの恐ろしい魔女に滅ぼされてしまう！　何としても打ち倒さねば」

「あたしの手には負えません。残念ですけど、契約を終わらせてもらいますねえ」

「いや……手はあるはずだ。きみにはまだ働いてもらう」

「……まあ、お代をもらえるなら仕事はしますよ」

第三章　第三王子は博愛に微笑む

「母上、僕が大きくなったら結婚してください」

キラキラ輝く瞳で彼が言ったのは、九歳の時だ。

第三王子のルートにとって、魔女のナユラは初恋の相手だったらしい。

最初から何でも素直に言うことを聞いた。

母を亡くしたばかりで寂しかっただろうに、それを表には出さなかった。

王宮に入った頃のナユラはまだ人の暮らしに慣れておらず、夜眠って朝起きて、決まった時間に食事をするということすらしなかった。

そんなナユラに人の常識を教えたのもルートだ。

彼がいるからナユラは真っ当な人の暮らしができるようになったのだ。

ナユラは彼を育てたが、彼もナユラを育てていた。

一番信頼に足る息子だ。真面目で、素直で、優しくて、頼もしくて……本当によくできた息子だ。可愛い可愛い自慢の息子だ。

だけど……この少年には一つだけ大きな問題があった。

「ルートがまたやっちゃったわ」

ナユラは自室のソファで頭を抱える。

「あの羊の皮を被った羊のくせに狼《おおかみ》を誑《たら》し込む、無自覚天然女誑しのルート殿下がですか？」

目の前に立つヤトが言った。

「確信を突くのやめなさいよ！」

ナユラはソファに倒れ込んだ。

誰が思うだろうか……あの人畜無害で真面目で純朴な少年が、歩く最終兵器だなんてことを……

「で？　何をやっちゃったんです？」

「……ランディに振られた令嬢たちが昨日王宮を訪ねてきて……全員ルートに鞍替《くらが》えしたわ」

「わーお」

「ほんとにあの子ってば……」

ナユラがぼやいたところで、女官のナナ・シェトルが部屋に入ってきた。

「魔女様、カスター公爵夫人が面会を求めていらっしゃるそうです」

「……今王妃は留守です」

ナユラは相手の名を聞くなり、ソファに倒れたまま言った。

「いや、あの……」

ナナ・シェトルは困ったように立ち尽くしている。

「留守です。この部屋には誰もおりません」

ナユラは頑なに言う。

「あ、魔女様はここにいますので連れてきちゃってください、どうぞ」

召使があっさりと主人を売った。

「いないって言ってるでしょ！」

ナユラががばっと起き上がりながら叫んだ時——

「あら、びっくりしたわ」

優雅で明るい声が響いた。

ナユラは喉の奥でうげえと呻きながら、飛び跳ねるように立ち上がる。

部屋に入ってきたのは国王の妹であるカスター公爵夫人だった。歳は四十の少し前、その身分に相応しい優雅さと、太陽のような明るさが印象的だ。若くして嫁ぎ四人の娘を産んでいるが、今も毎日のように王宮を訪れている。

ナユラはこの、自分にとっては義妹になる公爵夫人が……苦手だった。

「ごきげんよう、魔女様」

公爵夫人は優美な所作で歩を進め、ナユラが座っていたソファの向かいに置かれている豪華な椅子に座った。

「ごきげんよう、カスター公爵夫人」

ナユラは頬を引きつらせて挨拶を返しながらソファに座り、素早く召使に鋭い視線を送る。

助けろ！　適当に理由を作って今すぐこの人を追い返せ！　という意味を込めて睨むが、ヤトは適当にへらりと笑い、無情にもその訴えを無視してそっぽを向いた。

この野郎……と胸中で悪態をつきながら、ナユラは公爵夫人に向き直る。

「今日は何か？」

「大切なお話があって参りましたのよ」

にこにこと微笑む顔はまさに太陽。明るすぎて明るすぎて……根暗引きこもり魔女は焼け死んでしまいそうだ。

「何のお話でしょう？」

「ルート殿下のことです」

彼女はキラキラと瞳を輝かせて身を乗り出す。その眩《まばゆ》さをちょっとでも遠ざけようとナユラは身を引く。

「ルートの？　何です？」

「殿下がまた、やらかしたと聞きましたわ」

言われ、ぎくりとする。

「兄殿下の恋人を奪ってしまったのでしょう？　大変なことですわね」

「奪ったわけではありません。あれはそもそもランディが……」

「大丈夫ですわ、魔女様」

名を呼ばれ、ナユラの声は喉の奥に引っ込んだ。

「私はルート殿下とあなたの味方です」

「……それはどうも」

善意の塊をぶつけられてめまいがする。

「ですからステキな提案を持って参りましたの。魔女様もきっと喜んでくださると思いますわ」

うわあ……嫌な予感しかしない。

「ご存じの通り、私には娘がおりますわ」

「……はい」

「ですから、ルート殿下を娘の婿に迎えたいと考えていますのよ」

「は？　え？　どういうことですか!?」

突然のことに面食らい、ナユラは立ち上がりかけた。

「ね？　ステキな提案でしょう？」

灼熱《しゃくねつ》の太陽もかくやという笑顔を向けられ、ナユラはもう逃げ出したくなった。いや、最初から逃げ出したいのだが……

「私には息子がいませんでしょ？　ですから娘と結婚して、カスター公爵家をルート殿下に継いでいただきたいんですの」

「それは……」

ナユラはとっさに応じることも拒むこともできなかった。

女でも爵位は継げたんじゃなかったか……？　いや、それでも家を残すには夫がいるのか……。確かにルートは真面目で賢い子だし、公爵夫人が娘の婿にと望む気持ちは分かる。しかし、ルートはどう思うか……

「どうか心配なさらないでね。娘は四人いますから、ルート殿下に気に入った子を選んでいただいたらいいと思いますのよ。今日にでもここへ連れてきたいのですけど、よろしくて？」

「そんな急には困ります！　ルートにも心の準備が必要です！」

待てこら、この猪突猛進《ちょとつもうしん》太陽女め！　ナユラは慌てて止めた。

「あら、いけませんこと？　では、三日後でいかが？」

「ま、まあそのくらいなら……」

いや、よくはない……よくはないが……

「じゃあ三日後に娘を王宮へ上がらせますわね。いとこ同士ですもの、堅苦しい場を設けるとお互い緊張してしまうでしょ？　ですからお茶会でも開いてくださいな。そこでルート殿下と娘を会わせましょう」

「……分かりました」

「楽しみですわね。それでは三日後に」

公爵夫人は眩しい笑みを浮かべて立ち上がり、うきうきと部屋を出て行った。

彼女がいなくなると、ナユラは盛大なため息を吐いて目の前の低いテーブルに突っ伏した。

「……焼け焦げて死ぬかと思ったわ……今の私は夏の道端で干からびたミミズ……」

「根暗魔女様には無理な相手ですね」

ヤトがわははと笑う。この男……なんて役に立たないんだ……。ナユラは恨めしげに召使を睨んだ。

「私は初めてお会いしたのですが、公爵夫人はルート殿下に好意的なのですね」

ナナ・シェトルが気遣《きづか》うように声をかけてきた。

「そうね……まあルートに好意的でない人なんてそういないわ」

「私……王子殿下との出会いは夜会でのあんな感じでしたので、怖い方々だと思っていたのですが、ルート殿下はいつもお優しい雰囲気でいらっしゃるので、人に好かれるのはよく分かります」

そう言って恥ずかしそうに頬を染める。

ナユラは慌てて立ち上がった。

「あなたまでそんなこと言わないでちょうだい！　これ以上あの子に落ちる乙女を見たくないわよ私は！」

そこではっと気が付く。

「よく考えたら、あなたは可愛くて素直で働き者で……穏やかな性格のルートとはとっても相性がいいんじゃないかしら？　あなたどう思う？」

良いことを思いついたような気がしていた。少なくとも猪突猛進太陽女の娘よりはずっといいように思う。

しかしナナ・シェトルは真っ赤な顔でふるふると首を横に振った。

「私と殿下ではとてもとても……身分が釣り合いません」

「そんなこと気にしなくてもいいのに。今の王妃なんて、根暗引きこもり魔女なんだから」

ナユラは更に言ったが、ナナ・シェトルは首を振るばかりだ。

「まあこんなこと急に言われても困るわよね、今の話は忘れてちょうだい。オーウェンとランディを呼んでくれるかしら」

話を打ち切り、ナユラは彼女にそう命じた。

「ははあ……まさか叔母上がルートの相手を連れてくるとはね……」

部屋に呼び出されたランディは、ナユラから話を聞くなり笑ったような怒ったような顔をした。

「この話、あなたたちはどう思う？　ルートにとって良い話かしら？　進めてもいいと思う？」

ナユラはソファに座ったまま尋ねた。

そもそも息子たちを案じて最高のお嫁さんをと願っていたナユラだから、これでルートに良い相手が見つかってくれるのは悪い話じゃない。太陽女の血を引いているからと言って、娘まで太陽なわけではなかろうし、最悪太陽だったとしてもルートが気に入るならいいと思う。

しかしそれよりまず先に確認しておかなければならないのは、ルートの気持ち以前の前提条件だった。

「私は政治のことが分からないわ。王位を継ぐのはオーウェン。それを支えるのはランディの役割。じゃあルートは？　あの子を公爵家の婿にして問題はない？」

そこを確かめておかなければこの話はそもそも受けられないのだ。

「……第三王子にとっては特に問題ないな」

ランディがいささか難しい顔で答えた。

「じゃあ進めても……」

「本人に聞いた方がいい」

部屋の中をぐるぐると歩き回っていたオーウェンが言った。

「ルートに？　だけど……」

「聞いた方がいい」

オーウェンはなおも頑なに言った。

ナユラはううんとしばし考え込み、頷いた。

「そうね、ルートを呼んできて」

ナナ・シェトルに命じると、しばらくして今度はルートがやってきた。

「ご用ですか？　母上」

ナユラと向かい合ってソファに腰かけ、いつもの優しい笑顔で聞いてくる。

さて……どう切り出そうか。とりあえず……

「ルート、この厄介な兄たちのことは置いといて、自分のことだけ考えて正直に答えてくれるかしら？」

ナユラは自分と同じソファの左右にオーウェンとランディを座らせ、ぎゅうぎゅう詰めの状態で問う。

「はあ……はい」

ルートは厄介と言われた兄たちにちらと目をやり、応じた。

「あなた、結婚するつもりはある？」

ナユラは厳しい顔で問いただした。まずはそこからだ。

「それは……兄上たちが先に……」

「厄介な兄は置いといて」

ナユラは怖い顔で更に詰め寄る。するとルートはしばし考え——

「うーん……お任せしますよ」

「はあ？」

ナユラは素っ頓狂な声を上げてしまった。

「母上にお任せします」

彼はもう一度言って、にこにこと笑った。陽だまりのような優しい笑顔。

ナユラは額を押さえてしばし俯《うつむ》き、顔を上げる。

「質問を変えます。あなた、好きな人はいる？」

「好きな人ですか？　それはいます」

「え！　いるの!?　どこのどなたよ！」

「母上のことが、好きですよ。むかし求婚したでしょう？」

ルートはそう言って、にこっと笑う。ナユラは目をまん丸くして――呆れたように鼻を鳴らした。

「知ってます。そういう意味じゃなくて……他にはいないの？」

「もちろん兄上たちのことも大好きです。かけがえのない家族です。愛しています」

またにっこり。

「それも知ってるな」

「ああ、知ってる」

兄たちも淡々と相槌を打つ。

「他には？」

「父上のことも好きですよ。もちろん亡くなった母のことも……」

「それはまあ……分かるわ。他には？」

「そうですね……女官たちや衛兵たちも好きですよ。いつも懸命に仕えてくれて、私たちを支えてくれていますから」

またまたにっこり。

「……もう率直に聞くわ。カスター公爵令嬢をどう思う？」

するとルートは記憶をたぐるように視線を動かし、また微笑んだ。

「いとこたちですね、好きですよ。むかし遊んだ記憶があります」

「……四人いるけど、どのお嬢さんが好きなの？」

「全員好きですよ。私は嫌いな人、世界に一人もいないので」

ルートはにこにこにこっと笑いながら断言した。

ナユラはゆるく深いため息を吐いた。ここまで来ればからかわれているとか馬鹿にされているとか思うのが普通だ。だが、ルートに関しては違う。彼は本気で言っているのだ。天然誑しで子供の頃から無自覚に人を引き寄せてきたこの王子は……本気でみんなのことが好きなのだ。

もう本当に意味が分からない。息子たちはみんな厄介で面倒でわけが分からないが、中でもルートは飛び切りわけが分からない。

「全員が好きって……誰も好きじゃないのとどれだけ違うのよ」

思わず呟く。

「うーん……そう言われても……困ったな、本当にみんな好きなんですよ。みんなそれぞれ魅力的で、大事な人たちです」

これが本気というのが本当に怖い。

「信じられない、私なんて世の中嫌いな人ばっかりなのに」

根暗引きこもり魔女は堂々と言ってのけた。

「分かったわ。そこまで言うならカスター公爵令嬢と会ってもらいます。生まれて初めて特別に想える相手と出会えるかもしれないわよ？」

「分かりました、いいですよ」

ルートはやっぱりいつもと変わらない笑顔で答えたのだった。


「ナユラ、正直……これはやめた方がいいんじゃないかと俺は思ってる」

ルートが退室すると、ギチギチ状態でソファに座ったままのランディが言った。

「どうして？」

ナユラは狭苦しいまま横を向く。

「実はね……あの子には好きな女性がいる」

「……え!?　それってつまり……好きな女性がいるってこと？」

突然の話にナユラは混乱しながら聞いた。

「うん、そう言ってるだろ」

ランディは苦笑する。

「あの馬鹿みたいな博愛じゃなくて、特別に好きな女の子がいるってこと？」

ナユラは思わずランディの胸ぐらをつかんだ。

「そういうことだ」

「な……何よ……じゃあこんな話断ればよかったじゃない！」

困惑と興奮でナユラの声は変に甲高くなった。

「この話、今すぐ太陽女……げふん、公爵夫人を呼び戻して断りましょう」

だけどあの公爵夫人とまたやり合うのか……あんな灼熱太陽を一日に二度も浴びたら、次は本当に吐くぞ……

「それは待ってくれ、ナユラ」

ランディはぱっとナユラの手をつかんだ。

「ルートの好きな相手とは身分や立場ゆえに結ばれることはないんだ。ルート自身もそれを望んではいない」

「そういうのは親が許さなかったりするんでしょう？　エリック様は反対なんかなさらないし、私だって応援するわよ」

ナユラはいささか驚きながら言った。あのルートに……あの博愛に見せて究極的に薄情なのではないかと疑いを抱かせるようなあのルートに……身分違いの恋をするような情熱的一面があったなんて。

「そんな簡単な話じゃないさ。ルートの立場を考えれば」

「だけど、想いを告げることは自由でしょう？」

「それは自由だ。だが、正しいとは限らない。何よりルート自身が望んでいない」

「想いを告げることすらも？」

「それをこの世の誰かに知られることすらも」

「じゃあ……やっぱりこの縁談は断るべきね」

ナユラは決意した。ルートにそんな悲しい結婚をさせてなるものか。

「あの叔母上が諦めるとは思えないけど？」

ランディは嫌味っぽく言う。

「そうね……どう言って断ったらいいのか私にも見当がつかないわ。ルートの本心を伝えるわけにはいかないっていうなら……」

ルートにはもう決まった相手がいると告げてしまえば簡単だが、それを秘密にしたままとなると……

あの灼熱太陽女を説き伏せる方法が分からない。あれと激しくやり合ったら今度こそ死ぬ。あの女がナユラの言うことなんか聞くわけない。

ナユラは真っ青になって公爵夫人を思い出し……はっと思いついた。

「そうよ……公爵令嬢の方から縁談を断らせればいいじゃない」

それを聞き、ランディは目を真ん丸にした。

「……何だって？」

「そうよ！　それしかないわ！」

ナユラは天啓《てんけい》を受けたとばかりに声を上げた。

「ランディ、オーウェン、あなたたちもお茶会に出席しなさい。そしてお茶会をめちゃくちゃにしてやるのよ」

「いや……その発想がすでにめちゃくちゃだろ」

「いいえ、私はいたって真面目よ。あなたたちみたいな厄介で面倒で破天荒な兄がいると分かれば、深窓の令嬢はきっと怯《ひる》むわ。こんな人たちと親族になるのは絶対嫌って思わせるの。あなたたちならできるはずよ、私が保証する」

ナユラはぐっと拳を固める。

「きみは俺たちをどういう目で見てるんだ。そもそも、もうすでにいとこ同士という親戚関係なんだけどね」

ランディは呆れた様子だ。

「しかし先生、私たちが嫌がらせをしても、ルートは彼女たちに酷い態度はとらないはずです。相対的に、ルートが魅力的に見えてしまいませんか？　ただでさえあの子はとても優しく可愛く賢く真面目で立派で可愛いのですから」

オーウェンにそう言われ、ナユラはむうっと考え込む。確かにその可能性はあるのか……。しかし、ランディがくっと笑った。

「それはないだろうな」

「そう？」

「ああ、ないね。女というのは好きな男を愛するより、嫌いな人間を排除することを優先するものだ」

「そういうもの？」

「そういうものさ。横の繋がりで生きる動物だからな」

「よく分からないけど、この作戦は行けるということね？」

「まあ、試してみる価値はありそうだ」

それを聞き、ナユラは今度こそ覚悟を決めた。

「分かったわ。私は本気でやる。この手でお茶会をめちゃくちゃにして、魔女の義理の娘になんか絶対になりたくないって思わせてやるから。だからあなたたちも本気出してね」

ナユラはランディとオーウェンの鼻先を行儀悪く指差す。

「……仕方がないな。可愛い弟のために一肌脱ぐとしよう」

「先生がおっしゃるなら頑張ります」

二人はやれやれといった感じで請け負った。


三日後——約束の日がやってきた。

ナユラは日当たりのいい庭園の一角にある薔薇《ばら》園をお茶会の場所に決め、準備を整えてカスター公爵令嬢たちを待った。

「ずいぶん張り切りましたね、母上」

ルートが、感心したように白いテーブルの上を眺める。

そこには焼き立てのクッキーやケーキが所狭しと並んでいるのだ。それは全部、ナユラが昨日から用意したものだった。

何度も試作を重ねたので、寝不足と緊張で気持ち悪い。しかし——

「ちゃんと美味しくできたはずよ」

「顔色が悪いみたいですけど、大丈夫ですか？」

ルートは心配そうに聞いてくる。

「任せなさい、ルート。今日は朝ご飯を抜いてきたから吐くものなんかないわ」

ナユラは力強く笑ってみせる。これからこの茶会をぶち壊すのだから、ゲロってる場合ではない。願い下げだと言われるくらい、この縁談をぶち壊さなければ……

「公爵令嬢には小さい頃会ったきりだな」

そう言ったのは大きな白いテーブルの一角に腰かけていたランディだ。

「私もだ」

隣に座るオーウェンが同意した。

ナユラは目線で彼らに合図する。どうか首尾よくやってくれ。

もちろんナユラ自身もしっかりとこのお茶会を邪魔するつもりでいる。なにせ根暗引きこもりを掲げる北の森の魔女だ。華やかな空気を死滅させるのはお手の物。

さあ来い、ルートを狙う令嬢たちよ！

気合を入れたところで、召使のヤトに案内された令嬢たちが薔薇園に入ってきた。

「お招きありがとうございます、魔女様」

四人の令嬢たちが優雅な礼をする。歳は十五歳頃から二十代前半といったところか。

「どうぞ座って」

ナユラは着席をすすめた。変な汗が出そうになる。

ごめんなさい……私はこれからあなた方に酷いことをするから、どうか死ぬほど嫌ってちょうだい……そんな胸中の謝罪と共にお茶会は始まった。

「お会いするのは久しぶりですね」

ルートが令嬢たちに話しかけた。その笑顔に、令嬢たちの頬が染まる。

「ええ……わたくしたち、ルート殿下とお会いしたいとずっと思ってましたの」

そこでナユラは素早くオーウェンに合図した。

オーウェンははっとして口火を切る。

「みなさん、サルディウスの『魔術学概論』を読んだことは？」

突然の質問に、令嬢たちはぽかんとする。

「サルディウスの実験によると魔術回路の発達には四つの段階があり……」

真剣な顔で、すごい早口で、オーウェンはまくし立てる。

会話をぶち切られた令嬢たちは、どう反応したらいいのか分からない様子で困惑している。重ね重ね申し訳ない。

ナユラは続いてランディに合図した。ランディは片目をつむって応え、

「兄上、難しい話はまたにしよう。麗しい令嬢たちの顔が曇ってしまう」

ランディはこれでもかというほど艶やかな笑顔で兄の言葉を遮ろうとした。弟の見合い相手に手を出そうとする不埒《ふらち》な兄の役割をしっかり果たそうとしたようだが、

「いや、サルディウスの研究は実に興味深くて、私も少し前に……」

オーウェンは熱が入りすぎて自分の役割を忘れたらしい。ランディが笑顔のまま兄の足をテーブルの下で蹴飛ばした。

ナユラは小さく頷いてみせる。よし行けランディ！

しかし、ランディが話し始めるより一歩早く、一番年上の令嬢が話し始めた。

「せっかくですから私もお伺いしたいことがありますの。ルート殿下の初恋の相手は魔女様だと聞いていますわ。どういうところがお好きだったのですか？」

いきなりぶち込まれた話題に、ナユラもオーウェンもランディも一瞬計画が頭から飛んだ。

唯一動揺していないルートが、懐かしそうな笑みを浮かべる。

「子供の頃の話をこんなところでされると恥ずかしいですね」

「ごめんなさい、母から聞きました」

「叔母上から？」

「ええ、ですからどんなところがお好きだったのか知りたくて」

「うーん……そうですね。今となっては不思議なんですが、どこが好きだったのかは自分でもよく分からないんです」

唐突に始まった会話をナユラは止めそびれた。

いや、本人の前でそんな話をしないでほしい。

「優しく育ててくれた大切なお母様ですものね」

「いや……ふふ、そういうところを好きだったわけではないように思います」

本当にやめて、本人の前で話さないで。

恥ずかしすぎるが、ここで止めに入るのはもっと恥ずかしいような気がしてナユラはどうしようもなくなった。助けを求めてオーウェンとランディを見ると、彼らは興味深そうに聞き入っている。そこの二人、ちゃんとしろ！

「彼女は何というか……ちゃんとしていないんですよ」

おい、何を言い出すんだ……と思ったが、ここで口を挟むと肯定していることになってしまう。再び助けを求めると、長男次男はうんうんと頷いているではないか。

「常識的な人間の暮らしをしてきた人じゃなかったんです。夜眠って朝起きるということすらまともにしない人でしたからね」

「まあ！　そうなんですか？」

そりゃあ長年世間と隔《へだ》たっていた根暗引きこもり魔女が、常識的な人間の暮らしをしているわけないだろ。

「それがとても新鮮で、楽しかった。だけど……だから好きになったというわけでもないと思います。やっぱりよく分かりませんね。ただ好きだっただけで、理由はないのかもしれません」

ルートは恥ずかしそうに笑った。今絶対に令嬢たちがきゅんとしたと、ナユラは確信する。

令嬢たちはうっとりと頬を染めて、他の男なんかもう目に入らないという様子だ。

もうダメだ。これ以上ルートに話をさせるわけにはいかない。

ナユラは完全に役割を忘れてしまった息子たちに見切りをつけ、自ら行動することにした。

薔薇園の端に視線を送ると、そこに控えていた女官のナナ・シェトルがティーポットを持ってやってきた。

「失礼します」

彼女はそう言って、空になった令嬢たちのティーカップにお茶を注ごうとする。

そこで何気なく、令嬢たちはナナ・シェトルに目をやった。それは本当に偶然のことだったと思う。ナナ・シェトルを見た令嬢たちは全員同時に目を見張った。

「ナナ・シェトル様!?」

驚いたように名を呼ぶ。

「ナナ・シェトル・コーネフ様ではありませんか？」

呼ばれたナナ・シェトルは赤くなって俯いた。

「あなた方、ナナ・シェトルを知ってるの？」

ナユラは目をぱちくりさせた。女官といっても王妃に仕える者は貴族の令嬢や夫人ばかりだから、彼女も案外有力貴族の娘なのかもしれない。今まで気にしたことはなかったが……

「もちろんですわ。知らない者など、この国にいましょうか」

ここにいましたが——とは言わず、ナユラは首をかしげて先を促した。

「ナナ・シェトル・コーネフ様は、リンデンツ聖教会の総主教の孫娘でいらっしゃいますもの」

今度こそナユラは度肝を抜かれた。

「え!? 教会の総主教の孫娘!?」

総主教というのは一番偉い人ではなかったか？ その孫娘？

ナユラは啞然として彼女を見た。聖職者の娘でありながら、魔女に憧れているというのか？ 何て変わり者……

はっとしてオーウェンとランディを見れば、彼らは酷く険しい顔でナナ・シェトルを睨んでいた。教会といえば、魔女の天敵みたいなものである。彼らもナナ・シェトルの素性をよく知らなかったのだろう。

ナナ・シェトルはすっかり委縮して身動きもできなくなっていた。

「ナナ・シェトル、みなさんにお茶を」

ナユラは落ち着き払った声で指示した。

彼女ははっとして手を動かし、令嬢たちのカップに紅茶を注いだ。色の濃い茶がふわりと湯気を纏ってカップを満たしてゆく。

何を隠そう、このカップには魔法陣を仕込んである。ナユラの合図一つでお茶を激マズに変えてしまうのだ。魔女の嫁いびりを見せてくれる！

「みなさん、どうぞ」

ナユラは軽く手を差し伸べて勧めた。

その時、注がれたばかりのお茶がぐつぐつと奇妙な音を立て始めた。

みなが怪訝に眉をひそめてカップを見下ろす。紅茶が――沸騰している。

「……え？」

令嬢が淡い声を漏らすと同時に、カップから間欠泉《かんけつせん》のように紅茶が噴き出してきた。小さなカップに収まるとは思えない大量の紅茶がもうもうと湯気を立てながら噴き上がる。

「きゃあああああ！」「うわあ！」

みな悲鳴を上げて逃げ出そうとする。そんな中、

「母上！」

ルートが叫びながらナユラに駆け寄り、熱湯から庇うようにナユラの頭を抱きかか

えた。背中に熱湯を受け、ルートは苦痛の声を上げる。

紅茶はややあって噴出をやめ、薔薇園はしんと静まり返った。辺りは紅茶の海で、狂乱の残り香のように湯気が立ち上っている。

「魔女様、やりすぎですよ」

薔薇園の隅に控えていたヤトが近づいてきて、こそっと言った。

「……私じゃない」

ナユラが呟くと同時に、ルートがうめき声を上げながら蹲った。

「ルート！」

ナユラはさっと青ざめ、さっきまでルートが持っていたカップをつかんだ。

短い口笛を吹く。カップの底の魔法陣が輝く。ルートの頭上でカップをひっくり返すと、そこから大量の氷水が一気に溢《あふ》れてきた。

頭から冷水を被ったルートは別のうめき声を上げ、ガチガチと歯の根も合わずに震えている。

その様を見て、ナユラの視界は真っ黒に染まった。

そこへ、更なる異変が起きた。薔薇園の美しい薔薇たちが、突如蔓《つる》を伸ばしてこちらにざわざわと忍び寄ってきたのだ。

ナユラは静かにそれを見返し、大きく腕を振り上げ、力任せにテーブルを叩く。激しい音が鳴り、令嬢たちがびくりとする。叩かれたテーブルに魔法陣の光が生じた。

「跪け」

と、凍てつく声で一言。次の瞬間——蔓を伸ばしていた薔薇は葉も花びらも全て散らし、無残に枯れ落ちた。

「ダメです、母上！」

ルートがナユラの腕をつかんだ。

「ここには私たちだけじゃない、彼女たちもいるんです。こんなところで魔術を使うのはやめてください」

「ルート……火傷《やけど》は？」

ナユラは震える声で尋ねた。

ルートは小さく笑ってみせる。ナユラはふらりと歩を進め、彼の体にぺたぺたと触った。痛そうにする気配はない。

「……本当に大丈夫？」

「大丈夫ですよ」

「ごめんなさい、私がこんなお茶会を引き受けたばっかりに……邪魔だって上手くできなかったし……」

ナユラは苦悶《くもん》の声で呟く。途端——

「……え？　邪魔？」

「あ……」

「つまり、そういうわけだったのよ」

ナユラは事の次第を全てルートに打ち明けることになってしまった。

公爵令嬢たちはあまりの衝撃に言葉もなく帰宅し、ナユラは自分の部屋でルートの火傷を手当てして、全てを話すことになったのである。

公爵夫人から持ち掛けられたルートの縁談を邪魔しようとしたこと、オーウェンとランディにも加担させたこと――

全てを打ち明けたナユラは現在――自室の床に正座していた。隣にはオーウェンが、逆隣にはランディが、同じように正座している。

連座する三人の前で、ルートはいつもの優しい笑みのまま立っていた。そしてゆっくりと唇を開く。

「……で？」

と、一音。それを聞いて三人は正座のまま飛び上がった。

これは……ものすごく怒っている。

「いいか、よく聞けルート。俺たちに悪気などあろうはずがない。そうだろう？　俺たちはいつだってお前のためを想って行動しているに決まってるじゃないか。兄の愛が分からないお前だったか？　今回のことだって、俺たちはお前の兄として母として最良の行動をとったにすぎないんだ」

ランディが正座したまま大仰《おおぎょう》な身振りで語った……というか、言い訳した。が——

「へえ？」

とルートはまた笑顔で一言。華麗な言い訳を目論《もくろ》んだランディは一瞬で口を噤《つぐ》み、そーっと目を逸らした。

ルートの手当てを手伝ったあと退室しそびれた女官たちが、ざわついた。

「嘘でしょ……あのランディ殿下が黙ったわ……」

「ええ、人を人とも思わない身勝手で傲慢なランディ殿下が……」

弟の前で膝をつき許しを乞う姿を臣下に見られるなど恥以外の何物でもないが、兄たちはその姿勢を崩さなかった。いつもにこにこ優しく笑っているルートが本気で怒った時どれだけ怖いか、兄弟たちはよく知っている。

ルートは笑みを収め、冷ややかに兄と義母を見下ろした。その眼差しを受け、三人は力なく項垂《うなだ》れている。ルートはそんな三人を、無言で冷たく見下ろし続け……小さく嘆息する。そしてランディの前に座った。これまた正座で。

「ランディ兄上、自分が悪いことをなさったと分かっていますね？」

「さあ……別に悪いことをしたとは思わないがな」

ランディは目を逸らしたましれっと言う。が、ルートはそれを許さなかった。

「兄上、こちらを向いてください」

言われ、渋々弟の方を向く。

「本当は分かっていますよね？」

「……ああ、うん……まあ、そうだな……」

「ええ、兄上……あなたは今回のことで、無関係の女性を傷つけようとした。私はそれが嫌でした」

「……無関係？」

一同がその言葉に引っかかり、首を捻るが、ルートはごく当たり前に頷いた。

「無関係ですよ。彼女たちは母上の敵じゃない。兄上が攻撃する相手ではなかったはずです」

ルートは真剣な顔で、優しく残酷なことを言った。

「そしてオーウェン兄上、あなたはその計画に、たいした関心も深い考えもなく乗っかりましたね？」

と、今度は長男の方を向く。オーウェンは不満そうに顔をしかめた。

「そんなことはない」

「そんなことはありますよ。オーウェン兄上は魔術学以外のことなんて考えられないんですから、今回のことだってちゃんと考えたはずはない」

そう断言する。酷い。

「オーウェン兄上、あなたの頭脳はこんなことをするためにあるものじゃないでしょう？　その頭脳も熱意も、あなたが何より愛する魔術学のために使うべきだ。それが兄上のやりたいことでしょう？」

「……でも、私は魔術学よりお前たちの方が大切だよ。魔術学とお前たちが同時に溺れていたら、私はお前たちを助けるよ」

と、オーウェンは言い返した。少し、怒った顔をしている。

ルートはいささか面食らったようだった。

「ねえ……魔術学が溺れるってどういう状況？」

「さあ……オーウェン殿下のお考えになることは下々《しもじも》の者には分からないのよ」

女官たちがひそひそ言い合う。

ルートは小さく嘆息した。

「……ありがとうございます。だけど、今回自分が加担したことが良くないことだということは分かってください。たとえ私のためだったとしてもです」

「……分かった」

ようやくオーウェンが応じたので、ルートは安堵の表情になった。そして彼の目は最後にナユラを捉えた。

「母上……あなたが一番、悪い」

彼は断じた。

「いや、私が一番悪いってことは…………あるわよ。分かってるわよ」

ぐうの音《ね》も出ないとはこのことか……。

「何の罪もない令嬢たちを巻き込んで、あげく危険な目に遭わせたわ。それは私が悪かった。ごめんなさい」

素直に認め、うなだれる。が、ルートは目の前ににじり寄ると、両手でナユラの頬をぶにっとつかみ、上を向かせた。

「違います。そうじゃありません」

「ん？　にゃにが？」

頬が潰れて変な声が出た。

「母上は、私にまず相談するべきだったんです。私のことで困っているなら、私に相談してほしかった。おかしな計画を立てる前に。母上は私を信頼してくれなかった。だから、母上が一番悪い」

ナユラの頬をぶにぶにしながらルートは言う。

「私は母上が結婚しろと言うなら誰とでもしましたし、結婚するなと言うならちゃんと断りましたよ。そう言ったはずです」

不思議な輝きを持つ胡桃色の瞳がナユラを射る。リンデンツ王家特有の、人を魅了する瞳だ。ああ……本当に私が全部悪い。そのことを改めて感じる。

ナユラは頬を押さえているルートの手をつかんでぐっと握った。

「そうね、ちゃんと相談すればよかったわ。本当に、私が一番悪かった」

「分かってくれて嬉しいです」

「ええ、よく分かったわ。じゃあルート、はっきり聞くけど……身分違いだというあなたの好きなお嬢さんと、あなたが結ばれるために、私ができることはある？」

「ありません」

即答だった。早すぎて聞き間違えたかと思うくらいだ。

「ええと……」

「何もありません。一つもありません。だから何もしないでください」

「………分かったわ」

あまりの勢いに、ナユラはそう答えるしかなかった。

「だけど、もし私にできることがあるなら言うのよ。私は今度困ったことがあったらすぐあなたたちに相談するわ。だからあなたもそうするのよ。私はこの世の何を敵に回してでも……何を壊してでも何を傷つけてでもあなたたちを守るから、必ず言うのよ。約束よ？」

真剣な顔で訴えると、何故かルートは複雑な表情を浮かべ……小さく頷いた。

「はい、約束しますよ。じゃあ、さっそくいいですか？」

「え？　何か相談があるの？　好きな子との仲なら取り持つわよ」

ナユラは声を張って胸を叩いた。ルートは微苦笑で首を振る。

「そうじゃありません。アーサーのことです」

「アーサー？　どうしたの？」

第四王子アーサーはルートと同い年。彼らは双子なのだ。そのせいか、ルートはとりわけアーサーのことを気にかけている。

「アーサーが、昨夜からまた部屋に籠って出てこなくなりました」

「ああ……またなのね。何か気に障《さわ》ることがあったのかしら？」

「さあ……何も話さないし誰も部屋に入れたがらないんです。我々の色恋沙汰のことはいったん置いといて、アーサーのことを何とかしないと。ですから母上……」

「任せなさい」

ナユラは己の胸に手を当てる。

「私は二百六十年森の奥に籠り続けた筋金入りの引きこもりよ。外に出たがらない人の気持ちなら誰より知ってるわ」

自信満々に言い、立ち上がる。

「アーサーと話してくるわね」

そう告げると、ナユラは部屋から出て行った。


彼女がいなくなってしまった部屋で、ルートはため息を吐く。

すると目の前に座っている兄たちが、代わる代わる頭を撫でてきた。

「先生は鈍感なんだ」

「ナユラは鈍いからな」

言われ、ちょっと笑ってしまう。

彼女は老獪《ろうかい》な魔女のくせに、無自覚で純粋な少女のようなところがある。長いあいだ森に籠って生きてきたから、圧倒的に経験値が足りていないのだと思う。

だから……ルートの好きな相手が誰かも気づかない。別に、気づいてほしいとは思わないけれど……

初恋の相手を、今でもずっと好きでいる。その人は父の後妻で、長い時を生きてきた魔女だった。

　みんなのことが好きなのは本当だ。嫌いな人間なんて一人もいない。本当に全員が好きなのだ。自分は少し、変なのかもしれないなと思う。だけど……彼女だけは特別だった。それを感じる時だけ、自分は普通の人間なのだと自覚することができる。

「母上はあれでいいんですよ。ああいうところが、私は可愛いです」

　小さく微笑むと、兄たちは何とも言えない顔をして、今度はわしゃわしゃと乱暴に撫でてきた。

「遊びたければいくらでも女を紹介するからな」

「ランディ兄上……怒りますよ？」

「冗談さ」

「冗談はさておき……」

　と、不意にオーウェンが口を開いた。

「お茶会で魔術を仕掛けてきた犯人には逃げられてしまったな」

「え？　あれは母上がやったことじゃないんですか？」

　全て計画のうちだとルートは思っていた。やりすぎて自分で自分に腹を立てていたのかと……

「いや、あれは先生の魔術じゃなかった。他の誰かが仕掛けたことだ。たぶん、フィーがやったんだろう」

「フィー？」

聞いたこともない名前に、ルートとランディは同時に声を上げる。

「先生を狙っていた魔術師だ」

オーウェンは先日出会った魔術師のことを話し始めた。時折ランディの悪行が差し込まれたので、そのたびにルートは兄を咎めなければならず、話はずいぶんと長くなった。

「彼女は誰かの依頼で先生の命を狙っていたようだ」

「誰かの依頼って……」

ルートの表情はみるみるうちに険しくなる。

「犯人を見つけよう」

オーウェンは言った。

「ルート、お前も初めて人を憎めるかもしれないぞ。先生の、命を狙っている人間がいるんだからな」

「上々ってところですかねえ」

黒髪の女魔術師——フィーが王宮の一室で言った。

「くだらない嫌がらせに時間をかけていないで、早くやってくれ」

依頼主はぎりぎりと歯を噛《か》みしめ、拳を握って命じる。

「嫌がらせなんかじゃありませんよ。種をまいてるんですよねえ」

「種？」

「魔女の魔術は脅威ですからねえ。本当は、人が間近で見て正気を保てるものではないんですよねえ」

「ああ……魔女の力は我らが誰よりよく知っている」

「まあ心配しないでください。ちゃーんと依頼通りにやりますからねえ。だけど……確認してみても、やっぱり分からないですねえ。北の森の魔女は魔力を封じられていて、一定の条件下でなければ魔術を使えない……条件ってのは、いったい何なんですかねえ」

「そのようなことは誰も知らん！」

「ああ、落ち着いてくださいよ。怒鳴ったところで何も良いことは起きません」

フィーはぱたぱたと手を振る。

「まあおとなしく待っててくださいな。あたしはお代に見合うだけの仕事はしますからねえ」

第四章　第四王子は悪魔の声を聴く

「俺はこの世で一番お前が嫌いだ」

第四王子のアーサーは、出会ってすぐの頃そう言った。

燃えるような目をした少年だった。そして……誰より繊細な少年だった。

ナユラに懐いたのはたぶん兄弟の中で一番遅かった。

そして遅かった分、彼はナユラに強烈に依存した。

彼は生まれつき、少しばかり問題のある能力を持っていたのだ。

繊細な彼はそれに傷つき、より繊細になった。砕かれたガラス片のように近づく者全部を傷つけて、それ以上に自分が傷ついていたけれど、それを認めようとはしなかった。

「アーサーってお前の目から見ても繊細な子よね？」

ナユラは廊下を歩きながら背後のヤトに聞いた。

「……どっちかっつーと、臆病で癇癪《かんしゃく》持ちなお坊ちゃん？　あとめんどくさい。マジで死ぬほどめんどくさい」

「お前に聞いた私が馬鹿だったんだと思うわ」

「いやー、褒められると照れますね」

「褒めてない！」

怒鳴ったところで件《くだん》の王子、アーサーの部屋にたどり着いた。部屋の前には数人の女官がいて、怯えながらも心配そうに閉ざされた扉を見つめている。

その時突然、部屋の中からけたたましい物音がした。女官たちがびくりとする。

「ごきげんななめね」

ナユラはため息まじりに言った。それに気づいた一同が、すがるように振り向いた。

「魔女様、来てくださってよかった」

「アーサー様は昨夜から出ていらっしゃいません」

「私たちも心配で……」

「水は？　食事は？」

確認すると、女官たちは首を横に振る。彼は朝食を取らないことが多いし、基本的に少食だからしばらく食べなくてももつだろう。しかし水を飲んでいないのは心配だ。

このまま放っておくと、たぶん倒れるまで出てこない。

「ちょっと様子を見てくるわ」

ナユラは固く閉ざされた扉の前に立つ。

「危険です。今朝方部屋に入った女官が本を投げつけられて痣《あざ》になりました」

「そう……それは申し訳ないことをしてしまったわね。よく手当てしておいて」

そう言って、ナユラは扉をノックし、返事がないまま開いた。

女官も衛兵も息を呑む。部屋の中はしんと静まり返っている。

「アーサー、入るわよ」

ナユラはそう告げて中に入り、扉を閉めた。廊下からかすかな声が聞こえる。

「よかった……アーサー様がおとなしく部屋に入れたわ」

「やっぱり、王子殿下をどうにかできるのは魔女様だけね」

ナユラは部屋の中へと意識を切り替えた。部屋の中は真っ暗だった。

机は倒れ、本が散らばり、投げ出されたインク壺《つぼ》から零れたインクが絨毯《じゅうたん》に染みている。その奥に、アーサーがいた。壁際に片膝を立てて座り、顔を伏せている。

「うるさい……」

低い声で彼は呟く。ナユラは構わず近づいてゆく。

「うるさいうるさいうるさいうるさいうるさい……」

そこでナユラはアーサーの目の前にしゃがみ、彼の耳を両手で塞いだ。

「ほら、もううるさくない」

ナユラはにいっと笑いながら言う。

アーサーは歯を食いしばって震えながら顔を上げた。瞳から、怒りや苛立《いらだ》ちが噴き出しているかのようだ。

「お前を殺したがってる奴がいる……」

地を這うような声で彼は言った。

「聞こえたの？」

「……どぶを煮込んだみたいな声だ」

忌々《いまいま》しげに吐き捨てる。

「そう……今日は風が強いから、色んな声が流れてきたかもしれないわね」

アーサーには生まれつき少しばかり問題のある能力があった。彼は生来魔術的な力が強く、他人の魔力を感じることができた。魔力には様々なモノが含まれている。そこには人の感情すら込められているのだ。そしてアーサーはその感情を……中でも特に人の悪意を、感じ取ることができた。魔力性感覚障害と呼ばれるその体質は、繊細なこの王子を打ちのめした。

あまりに強い悪意を感じてしまうと、彼はこうして部屋に籠る。この状態の彼に近づくことができるのは、ナユラだけだ。兄弟たちですら、近づくことはできない。どんなに親しい相手でも、今のアーサーは拒絶する。

「水を飲んで。落ち着いたらご飯を食べましょう。スープを作ってあげるわ、ほら、あなたが好きなアサリとミルクの。あれなら食べたいでしょ？」

ナユラは言いながら彼から手を放した。

「持ってきてあげるからちょっと待ってて」

立ち上がってスープを作りに行こうとすると、強い力で手首をつかまれた。

「……誰がお前を殺そうとしてるんだ？」

アーサーは憎悪を込めて聞いてくる。ナユラを狙う殺意を確かに感じているのだ。

殺意というのは、最も強烈な悪意の一つであろう。

「見当もつかないわよ。魔女っていうのは昔から、恨まれやすいものなの」

とはいえ、この十年陰口を叩かれたり王宮を追われそうになったことはあっても、直接命を狙われたことはない。今回のことは、珍しいといえば珍しい出来事なのだ。

「私のこと、心配してくれたのね」

「……うるさい」

アーサーは苛立ったように歯軋《はぎし》りした。

「まあいいわ、とにかくちょっと落ち着いて。私のスープ食べたいでしょう？　美味しいわよ。特別にベーコンとお芋も入れてあげるから」

「うるさいと言ってるだろうが！　お前は何でいつも食い意地張ったことばかり言うんだよ！　食べ物のことしか頭にないのか！」

失礼な……確かに食い意地は張っているが、今は自分が食べたくて言ってるわけじゃないのに……

「魔女様、大丈夫ですか？」

部屋の外からナナ・シェトルの声が聞こえた。

「ええ、大丈夫よ。ちょっと水を持ってきてくれる？」

ナユラがそう答えていると、アーサーが腕を引っ張った。ナユラを床に押し倒し、手で乱暴に口を塞ぐ。ちょっと痛い。

「……うるさい」

彼はまた言った。

しゃべるなということか？　しかし彼にとって現実の声なんてたいした問題ではない。彼にとって一番うるさいのは人の感情……。けれど、強い魔力を持つナユラの傍なら、他の人間の魔力はかき消されて感じられないはずだ。だから今は、うるさくなんかないはずだ。唯一彼の傍にいるナユラは彼に悪意を持たない。

しばし大人しく彼に押さえつけられていると、彼は真上からぼそりと言った。

「……お前、今まで誰かに命を狙われたことはあるのか？」

「え？　そりゃあまあ……」

はっきりあるとは答え難《にく》い。息子に聞かせたい話ではない。しかしアーサーは更に聞いてくる。

「俺らに会うより前の話か？」

「……ええ、まあそうね」

「お前は俺らと会うより前のことをあまり話さないな」

「根暗魔女の引きこもり生活なんて、別に聞かせて楽しい話じゃないし……」

話が嫌な方向に向かっているなと、ナユラはドギマギしてきた。

彼らには真面目に生きてきたと思われたいから、昔のことはあまり話したことがない。しかし腐っても北の森の魔女と呼ばれた女。それなりに名が知れているのは、それなりのことをしてきたからだ。

もちろんナユラは森に引きこもっていたから能動的に何かをしていたわけじゃないが、魔女の噂を聞いてやってくる人々を追い払ったりなんかこう色々したりするのに、手荒《あら》なことをしたりしなかったりなんやかんやとやってきたようなところは無《な》きにしも非ず……

いや……やっぱり言えない。彼らには言えない。俺、昔やんちゃしてたんだよな～

なんて戯《たわ》けた話じゃすまない！

「もう！　こんな話はやめ！　こっちに来て」

ナユラは彼の手を引きはがして起き上がり、床に正座すると、彼の腕を引っ張って自分の膝に頭を横たえさせた。

「おい、何だ、やめろよ」

アーサーは不愉快そうに言いながら起き上がろうとする。

「いいからここに」

ナユラは無理やり彼の頭を膝にのせて、耳元に唇を寄せた。

「あっ！　くそっ……やめろ！」

何をされようとしているのか察したアーサーが暴れてももう遅い。ナユラは彼の耳に向かって人外の言語で歌い始めた。

たちまちアーサーの体から力が抜け、目を閉じて寝入ってしまう。

「あー、危なかった。若気の至りなんて聞かせるもんじゃないわ」

ナユラはふうっと胸を撫で下ろす。

しばらくすると、部屋の戸が小さく叩かれ、そっと開かれた。

「魔女様、お水を……」

ナユラは恐る恐る顔を覗かせたナナ・シェトルに、沈黙するよう指を口の前に立てて合図する。ナナ・シェトルはそれを見て頷き、黙って入ってきて近くの棚に水差しとグラスを置いた。

「あの……私にできることはありますか？」

「いえ、今のところは……あ、靴を脱がせてあげてくれる？」

ナユラは小声で言いながらアーサーの足を指した。何故か片方だけ履いたままだ。

ナナ・シェトルは真面目な顔で頷き、抜き足差し足近づいてきて、アーサーの傍にしゃがもうとして——そこでアーサーは眠りが浅かったのか、ぱちっと目を開いた。目の前にいる女官を視認し、一拍固まり、次の瞬間思い切り腕を振ってナナ・シェトルを突き飛ばした。彼女はわずかなうめき声を上げて床に倒れる。

「アーサー！」

ナユラは思わず咎めるように声を荒らげた。

彼は獣のような素早さで立ち上がり、距離をとった。立ち上がってみればアーサーは背が高く、鍛えられて引き締まった体付きをしている。突き飛ばされた小柄なナナ・シェトルは目を回していた。

「ナナ・シェトル!?　しっかりして！」

ナユラが肩を揺すると、彼女はすぐにはっと意識を取り戻して起き上がった。ナユラはほっとして、アーサーを睨んだ。

「アーサー！　謝りなさい！」

厳しく叱りつけた。が、アーサーの顔に反省の色はなかった。

「うるさい、死ね」

刃物みたいな声で言うと、アーサーは近くに転がっていた金属の燭台《しょくだい》をつかんだ。

ナユラは苦い顔でしばし思案し、ナナ・シェトルの肩を押す。

「外へ出てて」

「は、はい……」

ナナ・シェトルは怯え切った顔で、逃げ出すように部屋から出て行った。

アーサーは忌々しげに舌打ちした。二人になっても燭台を放そうとしない。

「……よくも勝手に眠らせたな」

「何よ、私を殴るつもり？」

ナユラは小さく息をつき、アーサーの目の前に立った。

「……俺はお前が嫌いだ」

きつく燭台を握りしめたまま、彼は言った。

「だから何よ」

ナユラはふんと鼻を鳴らしてその言葉を蹴散らす。

「お前が嫌いだ。お前のことなんか世界で一番嫌いだ！　さっさと出て行け！　俺の前から消えろよ！」

アーサーは血を吐くように叫んだ。ナユラはその罵言《ばげん》を受け止め——

「だから何よ。それで私を傷つけられるとでも思ってるの？　おあいにくさま、そんなこと言われたって痛くもかゆくもないのよね。私のことが嫌い？　どうぞ、ご勝手に？　あなたが世界一私を嫌いだろうが、私はあなたのことが大っ好きで可愛くて仕方ないのよね！　残念でした！」

腰に手を当てて、わざとらしく高笑いしてみせる。

アーサーはぎりぎりと歯噛みして、顔を真っ赤にしている。悔しいに違いない。どうせ反抗期のこの若造は、ナユラが狼狽えたり傷ついたりするところを見て馬鹿にしたいのだろう。そんなもので傷つく時期は二百七十年も前に過ぎている。

「まあ好きにしなさいよ。だけどね、いつまでもそういう態度だと、お嫁さんなんて見つからないわよ」

あ、しまった……間違えた。ここで言うことじゃない。最近このことばかり考えていたものだから……口が滑った。

「何の話だ？　嫁……？」

アーサーは訝しげに聞き返す。

「あー……実は私ここ最近、あなたたちに最高のお嫁さんを見つけて幸せになってもらわなくちゃと、勝手にその相手を探したり……してたのよ」

気まずく目を逸らしながらナユラは白状した。

「……何だそれ」

奇妙などす黒さを含んだ声で、アーサーは零した。怒っていると一瞬で伝わる。それはそうだろう。あのルートでさえ怒ったのだ。繊細なアーサーならなおさら気分を害するだろう。

「悪かったわ。これでも反省したから、あなたたちの気持ちを無視して勝手なことなんかしないわよ」

「ナユラ……お前、俺らに結婚してほしいのか？」

「そりゃまあ……あなたたちがステキなお嫁さんを見つけてきゃっきゃうふふしてるところなんて死ぬほど見たいけど……だけどそれは私の欲望で、今はもう押し付けようなんて思ってないわ」

「へえ……そうかよ」

アーサーの声はさらに低くなった。ますます怒っている？

ああもう分からない。男心は繊細で複雑で分からない。でもまあ、母親にそういう妄想をされるのは、年頃の男の子からすると確かに気持ち悪いか……

「ちょっと落ち着いて、話はまだ何も進んでないんだから。特にルートは好きな女の子がいるそうだから、縁談は断るつもりよ。好きな子との仲を取り持ってあげるって提案したんだけど断られちゃったし、これ以上余計なことはしな……」

そこで言葉が途切れた。アーサーが、憤怒《ふんぬ》と衝撃の等分に渦巻く瞳でナユラを睨んでいた。

「お前……ルートにもそれを言ったのか？」

「え？　言ったけど……」

彼が何を問題にしているのか分からないまま正直に肯定する。次の瞬間——ナユラの頬は甲高い音で鳴った。

「アーサーは大丈夫だろうか……」

ルートは弟を案じて呟いた。

談話室に集《つど》った兄弟たちは、各々ソファに腰かけている。

長男のオーウェンがしかつめらしく弟の不安に答える。

「先生がいれば問題はない。アーサーの魔力性感覚障害は一般人の第三種魔力も感知してしまうけれど、先生の第一種魔力は斜形波力《しゃけいはりょく》の強さでそれをかき消す。アーサーも落ち着くだろう。もっとも、感覚器を麻痺《まひ》させるほど強い斜形波力の場合——」

つらつらと説明する兄を、次男のランディが遮った。

「兄上、専門的なことを言われても分からないよ。ともかく、俺もアーサーは心配だ。あれは頭がいいし腕も立つし見た目も申し分ない。手駒としても政略結婚の道具としても十分役に立つ。いい感じに調教して俺の言う通りに動く犬にしてやりたいものだが、今のままじゃ難しいだろうな。いいかげん乗り越えてほしいが……」

「そうか、お前は弟想いだな、ランディ」

オーウェンは真顔でうんうんと頷く。

部屋の端に控えている女官たちが、思わず目を見交わす。

「弟想いな要素……ありました？」

「いやもう……この方々の考えなんて私たち下々の者には分からないわ」

「本当ね、彼らの手綱《たづな》を握れるのは、やっぱり魔女様だけなんだわ」

女官たちがひそひそと話し合っていたその時、談話室の扉が開いてナユラが入ってきた。

息子たちは立ち上がって彼女を迎え、アーサーの様子はどうだったかと聞こうとして——ぎょっとした。

放心しているナユラの頬に、赤い手形がついていた。

「ナユラ、それはどうしたんだ？」

ランディが真っ先に動いてナユラの赤くなった頰に触れた。

「まさか……殴られた？」

「……分からない。私、何をしくじったのか……」

普段よく怒りよく笑い、豊かな感情を見せる魔女がただただ放心していた。

息子たちは信じられない思いで立ち尽くした。

アーサーは幼い頃から毎日のように暴れたし、怒鳴ったし、人を殴ったことも数知れずある。だが、ナユラに手を上げたことは一度だってなかった。

そのアーサーが、彼女を……

呆然とする一同の中、アーサーの双子の兄であるルートが動いた。

ルートはいつも穏やかな顔に明確な怒りを張り付けて、誰が止める間もなく談話室を飛び出していった。


扉が開かれる前から足音で分かっていた。

「アーサー！」

部屋に入って来るなり、双子の兄であるルートが怒鳴った。彼が人を怒鳴ることは珍しく、最後に見たのがいつだったかアーサーは思い出せない。

ルートは息を切らして目の前まで近づいてくる。

「お前、母上に手を上げたのか？」

自分を落ち着かせるように一度呼吸して、聞いてくる。

アーサーは暗い部屋の隅に座ったまま、ルートを見ないように顔を伏せる。

「……うるさい」

口癖のような拒絶の言葉を吐く。叫びだしたい気持ちがした。ルートの感情が手に取るように伝わってくる。彼は今、アーサーを軽蔑している。

「そういう言葉を使うのはやめろ」

厳しい声で言われ、一瞬だけ顔を上げる。苦い顔のルートが目の前に立っている。

双子だが、見た目はあまり似ていない。性格はもっと似ていない。なのに双子であるというだけで、ルートの感情は他の誰よりアーサーに伝わる。伝わってしまう。それを拒む術《すべ》はない。魔女が傍にいる時ですら、ルートの感情だけは伝わる。

だからアーサーは……彼がどれだけ自分を愛してくれているか知っている。

そのことが、何より嫌だ。愛されなくなったらどうしようと、思ってしまうのが何より嫌だ。だからアーサーは、この世で二番目にこの兄を嫌いなのだと思う。

「ちゃんと理由を言え。どうして母上に手を上げたりしたんだ」

「……腹が立ったから殴った。それだけだ」

投げ捨てるように言う。改めて、自分は彼女を殴ってしまったのだなと思う。自分を好きだと彼女は言う。だけど、今はもう言わないかもしれない。自分は今日彼女を失って、そしてこれから双子の兄を失うのかもしれない。

しかしルートは険しい顔でアーサーを見下ろしていたが、そこで見限るようなそぶりはなく目の前にしゃがんだ。

「腹が立つような理由があったんだな？」

「……お前には関係ない」

ルートから放たれていた空気が変化した。怒りの色が弱まり、こちらを探るような気配がする。

「もしかして、母上から聞いたのか？　私が結婚相手を決められそうになっていたことを」

アーサーが答えずにいるとルートは呆れたように深いため息を吐いた。

「馬鹿だな、何やってるんだ」

「……うるさい」

「私が傷ついたと思った？　別にお前が心配するようなことは何もないよ。それより、お前が母上に手を上げたことの方が私は悲しい。まあ、勝手なことをしてくれた母上に腹は立ったけれど、ちゃんと怒っておいたから大丈夫だ」

ルートの表情が少し柔らかくなった。いつもの兄だ。

「……お前のためにやったわけじゃない。俺がお前なんかのために動くとでも思うのかよ」

「だけど、お前は私を好きだろう？」

言われ、ぎょっとした。ルートは恥ずかしげもなく真っすぐこちらを見ている。

「……気色悪いこと言うな。お前のことなんか、嫌いに決まってる」

「でも、私を愛しているだろう？　私はちゃんと知っているよ。お前のことなら全部知ってる」

彼は当たり前みたいに断言する。

いつも思うことがある。

こいつは世界で一番俺のことを知っている。俺も世界で一番こいつのことを知っている。ただ一緒に生まれただけなのに、お互いのことを一番よく知っている。だけど……一つだけ、こいつが知らないことがある。

「お前が怒る気持ちはよく分かったけど、許してやれ。母上は私たちのことが可愛くて仕方ないんだ。だから仕方ない。あの人は愛情深い人なんだよ」

ルートはかすかに笑った。それを見て、少しだけほっとしてしまった自分に死ぬほど腹が立った。その時――

「そんなこと、本当に思ってらっしゃる？　ほんとにほんとに本当に？」

知らない女の声が聞こえた。驚いて部屋の中を見回すと、暗い床の上に一匹のネズミがいる。ネズミの眼は赤く光っていて、妖しい魔性を感じる。

「勝手にすいませんねえ。だけどこちらも仕事なんで、お気の毒な王子様に本当のこと、教えて上げなくちゃいけないんでねえ」

「きみはもしかして……お茶会を邪魔した魔術師？」

ルートが警戒心を滲ませて腰を浮かせた。

「はい、フィーと申しますよ」

ネズミは慇懃《いんぎん》に頷いた。

「何だこのネズミ……」

アーサーはいきなりしゃべり出したネズミを睨みつける。魔術師……だと？　ナユラに何か関係のある生き物か？　それとも……敵か？

睨んでいると、ネズミは自分の体をぱたぱた叩いてみせた。

「ああ、このネズミは私の使い魔です。使い魔ってのは、魔女や魔術師の召使のことですよ。使い魔の口を借りてしゃべってるんです」

「きみは何者？　誰に雇われて、何の目的で母上を……北の森の魔女を狙っているんだい？」

「いやですねえ、そんなこと聞かれたって素直に答えるわけないじゃないですか。だけど、あたしはあなた方の味方ですよ、王子様」

「踏みつぶす」

と、アーサーは立ち上がりながら宣言した。

「いやですねえ、使い魔一匹踏みつぶされたところで、あたしは何も困りませんよ」

ネズミは手を振る。

「言ったでしょう？　あたしはあなた方の味方だって。可哀想《かわいそう》なあなた方を助けにきたんですよねえ」

「可哀想だと……？」

「ええ、魔女に騙《だま》されていいように操られている」

言われ、あまりの馬鹿馬鹿しさにアーサーは鼻で笑った。

「ナユラが俺らを騙してるだと？　嘘一つつけない直情的なあの女が？」

「あはははは、やっぱり騙されてますねえ。あなたたち、本気でそう思ってらっしゃる？　あの魔女が、自分たちを愛してるだなんて本気で？」

ネズミの目に憐《あわ》れみの光が宿るのをアーサーは見た。

「あれは数百年北の森に籠り続けた、生粋の魔女ですよ？　そんな生き物が、本気で人を愛せると思うんですか？　まさかまさかまさかですよ。悪魔の巣くう森での暮らし……常人なら正気を失ってる。あれにまともな人間の心なんてありません。同じ魔術を扱うあたしが言うんですから間違いない。あれに人の心はない。ただ、あれは人の真似事をしているだけです。人を愛したこともなく、人を愛する心もないから、ただそれらしい真似をしているだけですよ。物語や昔話に出てくるような、息子を愛している母親の真似事ですねえ。魔女というのはそういうものです」

ネズミはちょろちょろと近づいてきて、アーサーの足にぽんと手をかけた。

「お可哀想にねえ……夫である国王を愛する振り、その息子を可愛がる振り、あなた方はずーっと騙されてきたんですよねえ。だいたいあなた方は、北の森の魔女がここに来るまでどんなふうに生きてきたかすら知らないんじゃないですか？」

「……お前の言うことは全部ただの憶測だ」

アーサーは足元にいるネズミを蹴飛ばした。ネズミはくるくると宙を回転して着地する。

こいつの言うことは全部でたらめだ。ただの嘘だ。戯言《たわごと》だ。そうだったら……どれだけいいだろう。

アーサーに、この魔術師の感情が流れ込んできた。不愉快な感覚だ。気持ちが悪い。わけの分からない感情の渦だ。これが魔術師の精神か……

ただ、一つだけ確かに伝わってくることがある。この魔術師は、嘘を吐いていない。

そのことだけは、はっきりと分かった。

そんなアーサーに、魔術師は追い打ちをかけてくる。

「信じないのはあなた方の勝手ですよ。じゃあ……これはご存じです？　あなた方のお父上が……この国の国王が、病で倒れたことも……それも魔女のせいだって」

「なん……だと？」

痛みを伴うほどに大きく心臓が鼓動した。ぎりぎりと引き絞られるように痛む。

「その理由？　簡単ですよ。幼い王子様の後見人になって自分の欲望を叶《かな》えるため。ほら、簡単簡単簡単でしょう？　だからあなた方を愛してるふりをして、大事に育ててきたんですよ。あなた方は魔女のこと、何も知らないんですねえ」

ネズミはけたけたと笑った。

「あなた方は魔女の……餌なんですよ」

その言葉は、刃物のようにアーサーの胸を突き刺した。その言葉にも、やはり嘘はなかったからだ。

言い終えると、ネズミはくるりと身を翻し、部屋の暗がりへと消えていった。

しんと静まり返った部屋の中、アーサーとルートはしばし沈黙する。

この世の誰も知らないことが……アーサーのことをアーサー自身よりも知っているルートでさえ知らないことがある。

アーサーが十歳の頃、好きになった相手を諦めたことを……誰も知らない。

双子の兄が……同じ相手を好きになったから……敵《かな》わないと思ったから……悲しませたくないと思ったから……だから諦めようとして……そして今でも諦めきれずにいることを……それを最後まで隠し通そうとしていることを……誰も知らない。

だけどその気持ちさえ騙されて仕向けられたものだったなら……？

胸の奥底からどす黒い恐怖が湧きあがり、いつまでも消えてくれなかった。

第五章　第五王子は甘いお菓子を召し上がる

「僕が一番可愛いでしょう?」

出会ってすぐの頃、第五王子のジェリー・ビーは言った。

「きみは僕に美味しいご飯と安心できる寝床を用意してくれるから、僕の世話係にしてあげる。ずーっとずーっと僕のそばにいさせてあげるよ。だからきみは、死ぬまで僕を可愛がらなくちゃいけないんだよ」

得意げにそう言ったのだ。そして今でも、そう言い続けている。

事実、ジェリー・ビーは愛らしい少年で、人の心を奪わずにはおれない魅力的な生き物だった。その中身を知りさえしなければ——

「聞きそびれてたけど、一般的に見てジェリー・ビーってどんな子に見える?」

ナユラは窓辺の椅子に腰かけて悩ましげに聞いた。

「……小悪魔な姫？」

召使のヤトから、とても短い答えが返ってきた。

「お前って本当に的確な表現をするわよね」

ナユラはしみじみ感心した。

「いや、しょーもないこと言ってる場合じゃないでしょうよ。現実逃避すか？」

彼の言う通り、ナユラはいささか現実逃避していた。

四男のアーサーに殴られてから十日が経っている。それから今まで、彼とは口を利いていない。

「私が何かアーサーを怒らせることをしたんだと思うわ。だけどね……だからって殴っていいってことはないでしょ！　私の方からは謝らないわよ！」

ナユラはくわっと牙を剥いた。

「知らんすよ」

ヤトはどうでもよさそうに言う。

「で、もう諦めたんですか？　王子様方を結婚させるのは」

「諦めるわけないでしょ。ただ、私が勝手に暴走するのはよくないと反省したのよ。もう少し腰を据えてじっくり考えた方がいいのかもね。ほら、あの子たちみんな変わり者でしょう？　私にもあの子たちの考えてることはよく分からないのよ。だからよく話し合って、隙を見てまたいいお相手を……ね？」

「ね？　とか言われても知らんて」

ヤトはいささか呆れた風だ。

「あの……魔女様、そもそも魔女様は、どうしてそんなに王子殿下を結婚させたいのですか？」

ナユラにお茶を運んできたナナ・シェトルが不思議そうに尋ねた。

ナユラは思ってもみない問いかけに首を捻る。

「王子殿下に妃がいないと後々困ることになるかもしれませんが、魔女というのは人の法や倫理や常識の範疇《はんちゅう》に収まる生き物ではないのでは？」

純粋な疑問をぶつけられてナユラは呆気にとられた。

それはまあ確かに、そういう生き方をしていた頃もあったかもしれないが……

「あなたの目には私がそんな無法者に見えてるの？　これでも十年間王宮で生きてきたのよ。私は法に従い倫理に縛られ常識を弁《わきま》えた魔女だわ」

言って、少し考える。

「確かに国の行く末を心配してるのは本当だけど……それよりもっと単純な問題で、私は王妃になって、彼らの母になって、幸せだと思ったから、彼らに同じような幸せをあげたいと思っただけなのよ」

あまり上手に説明できた気はしなかった。それでもナナ・シェトルは納得したように頷いた。そしてにこっと可愛く笑った。

「魔女様は今、幸せなのですね」

「……そうね、私……長く生きてきても、幸せというものの正体を理解したことはなかったけど……あの子たちに会って、それを知ったわ。あの子たちが私に教えてくれたのよ。人を愛することはとても幸せなことなんだって。私は……ここに来るまで人を好きだと思ったことがなかったから」

「……誰のことも好きになったことがなかった……ということですか？」

「人間が好きではなかった――ということよ」

その違いを理解したのか、ナナ・シェトルは黙り込んだ。

「変なこと言ったわね。忘れて」

ナユラは手を振って話を打ち切った。

その時、部屋の扉が開いてきらきらと眩い光が入ってきた。

光の正体は、一人の少年だった。第五王子のジェリー・ビーだ。

ナユラは急なことに驚いて、少し慌てた。聞かせるには少々恥ずかしい話をしていたような気がする。

「ナユラー、お願いがあるんだけど？」

ジェリー・ビーは特に話を聞いていた様子はなく、甘えた声で言いながらぱたぱたと駆けてきた。

男の子にしては少し小柄で、ナユラよりも背が低いジェリー・ビーは、窓際で椅子に座っていたナユラに抱きついてきた。

「なあに？　重いわよ」

ナユラは言いながらも無理やり引きはがしはしなかった。

ジェリー・ビーは可愛らしい顔でにこにこ笑いながら覗きこんでくる。ナユラもつられてにこにこ笑顔を返してしまう。朗らかな空気の中、愛らしい王子は言った。

「あのね、ぶち殺してほしい奴がいるー。いい？」

「……ダメに決まってるでしょ」

ナユラはたちまち顔をしかめる。彼は可愛い顔で平然とこういうことを言い出す子なのだ。

距離をとって気配を殺していたナナ・シェトルとヤトも呆れた顔をしている。

「あっそ、つまんない。じゃあ退屈だから舞踏会やりたい」

「話の速度が暴れ馬もびっくりだわ。舞踏会？」

「仮面つけるやつがいいな」

「仮面舞踏会？」

「そう、人をいっぱい招いて豪華にして」

立て続けに言われてナユラは唸った。

「どうしたのよ、急に……って、あなたいつもわがまま言う時は急よね」

「えー？　だってナユラは僕のお願い聞いてくれるでしょ？」

「はいはい、分かったわよ。あなた好みのステキなお嬢さん、いるといいわね」

言うと、ジェリー・ビーはナユラから離れて首をかしげた。

「えー？　僕よりブスな女とか興味ないし」

「じゃあステキな殿方がいるといいわね」

「えー？　僕よりブスな男とか興味ないし」

「……ジェリー・ビー、ちょっとここに座んなさい」

ナユラは思わず立ち上がり、ジェリー・ビーを座らせた。教師と生徒の立ち位置になり、ちょっと怖い顔を作る。

「いつも言ってるけど、外見なんて皮一枚のことでしょ。そんなものにこだわって得することなんか何もないわよ」

「でも僕は可愛いでしょう？」

ジェリー・ビーは少しも反省の色を見せずに聞いてくる。

「そういう問題じゃないの」

「でも僕は可愛いでしょう？」

「……………世界一可愛いわよ」

ついつい言ってしまった。

「うふん、知ってる」

ジェリー・ビーは得意げに笑う。ナユラはやっぱりつられて笑ってしまう。

「魔女様、激ちょろですね」

離れて様子を見守っていたヤトがぼそっと言った。

ナユラはじろりと召使を睨む。

「ねえ、ナユラも舞踏会に出てよ」

「嫌よ、私はそういうの苦手だもの」

「知ってるってば。根暗引きこもり魔女でも仮面つければ平気でしょ」

「ああ、だから仮面舞踏会？」

「そうだよ、ナユラと舞踏会に出たいの。ねえ、僕のお願い聞いてよ」

上目遣いの潤んだ目……この子は自分の可愛さを効果的に使いすぎだ。

「しょうがないわね……誰とも踊らなくていいならいいわよ。あと、人の群れの中には入らない。吐くから」

ナユラは不承不承《ふしょうぶしょう》応じた。

「いいよ、じゃあ決まりね」

うふふと笑いながら、ジェリー・ビーは踊るように部屋から出て行った。

王宮では頻繁に夜会や舞踏会やお茶会が開かれている。それらを取り仕切っているのはランディで、今回も彼が骨を折ってくれた。

深夜、日付が変わるころに仮面舞踏会は始まった。少し妖しい雰囲気で、大広間には仮面をつけたり変装したりした招待客が溢れている。

流麗な音楽に乗り、仮面の客人たちは踊っている。お互い正体を明かさないから、普段の礼儀正しさや身分差が少しばかりなりを潜めている。

ナユラは大広間の端に置かれたソファに座って、誰にも話しかけられないよう気配を消す。けれど、

「魔女様、ご気分はいかがですか？」

すぐ隣に立ち、そっと声をかけてきた者がいた。

見ると、仮面をかぶった小柄な少女だった。

「ナナ・シェトル？　あなたも来たの？」

「はい、魔女様は人の多い場所が苦手だと、ヤトさんから伺って……。大広間でゲロ

を吐くかもしれないから、これを持っていってあげるといいと……」

ナナ・シェトルは手に持っていた桶をさっと掲げた。

「いつでもどうぞ。すぐに受け止めますから」

仮面の下から微笑む口元が見えて、ナユラは笑い返した。

頭の中で、余計なことを吹き込んだ召使を殴り飛ばしておく。

「私は大丈夫だから、あなたも踊ってくれば?」

「いえ……私は踊ったことがないので」

「そうなの?」

「はい、祖父の教えで、こういう華やかな場所に行くことはあまりなかったので」

言われて思い出した。彼女はリンデンツ聖教の総主教の孫娘だった。貴族の令嬢とは違う。

「教会の主教って、結婚できるのね」

ナユラは今更それが気になった。聖職者というのは結婚しないものだと何となく思っていた。本で読んだ知識でしかないが……

「できますよ。むしろ……主教になると結婚を勧められるそうです。生まれた子供が親の後を継ぐことも多いですし」

「へえ、そうなの」

まるで貴族や王族のようだ。聖職者というのも案外俗っぽいのかもしれない。

そんなことを考えていると、辺りが一際ざわついた。見ると、人垣を割って一人の美しい少女が歩いてきた。仮面もつけず素顔を晒《さら》すその少女を見て、ナユラは唖然とした。

「ジェリー・ビー！」

思わず名を呼ぶ。鮮やかな薔薇色のドレスを纏う少女の正体は、第五王子のジェリー・ビーだった。長い髪を結わずに垂らして、薔薇の髪飾りをつけ、派手な化粧をしている。

「ナユラ、楽しい？」

言いながら、彼はナユラの隣に座った。

「人が多すぎて吐きそう」

「うふ、楽しんでくれててよかった」

「そういうあなたは仮面してないじゃない」

「僕の仮面はこの化粧。だいいち、僕の顔を隠しちゃうなんて世界の損失だと思わない？　ねえ？」

と、ジェリー・ビーは近くにいた若者たちに問いかけた。

ジェリー・ビーに見とれていた若者たちは、勢いよく頷く。

「仮面舞踏会の意味よ」

「なんか派手で楽しそうだからよくない？」

「まあ、あなたが楽しければいいけど……あなた可愛いんだから、危ない人に狙われたりしないよう気を付けなさいよ」

「ありがと、ナユラ大好き」

と、ジェリー・ビーはナユラの頬にキスをする。そしてそこで初めてナユラの隣に立っていたナナ・シェトルを見た。

「何でお前みたいなブスがここにいるのさ」

彼女は顔を隠していたが、ジェリー・ビーには一瞬で正体が分かったらしかった。

「も、申し訳ありません」

ナナ・シェトルは桶を握りしめて後ずさった。

「こら、ジェリー・ビー！」

ナユラは彼の腕を引っ張る。しかし彼は止まらない。

「兄様から聞いたよ、お前って教会の手下なんでしょ？　どぉりでしゃべり方も歩き方もお辞儀も何もかも堅苦しくって、優雅さのかけらもないと思った。名前を隠してたなんて卑怯《ひきょう》な女。魔女の敵のくせに、馴れ馴れしくナユラに近づかないでよね」

「いいえ！　私は魔女様の敵ではありません！」

ナナ・シェトルは珍しく大きな声を出した。

「大声出すのやめなよ、下品な女。さっさと下がりな」

「う……申し訳ありませんでした。失礼します」

そう言って、ナナ・シェトルはとぼとぼとその場を立ち去った。

「ジェリー・ビー、やめなさいよ。女の子を苛《いじ》めて楽しいの？」

ナユラは怖い顔を作ってジェリー・ビーを咎めた。しかし彼は少しも狼狽えることなくナユラに顔を近づける。

「ナユラが迂闊《うかつ》なのがいけないんだよ。平気で人を近づけたりして、油断しすぎなんじゃない？　兄様から聞いたよ。きみの命を狙ってる奴がいるんでしょ？」

唐突に言われ、ナユラはぎょっとし、しいっと唇の前に人差し指を立てた。

「そんなこと大声で言っちゃダメ」

「平気だよ。どうせ周りの奴ら馬鹿の群れなんだから、僕の可愛さに見とれて話なんか聞いてないもん」

自分の長い髪の毛をくるんと指で弄び、高慢な瞳で周囲を眺める。

「ねえ、ナユラ。きみは僕のために居心地のいい寝床と美味しいご飯を用意して、僕を誰よりうんと可愛がらなくちゃいけないんだよ。死ぬまでずっと、僕の傍にいるんだよ。だから迂闊に人を近づけないでよ。どこの馬の骨とも知れないゴミどもに、自分をあげたりしちゃダメだからね？　勝手に殺されたりしたら許さないからね？」

自分がここにナユラを引きずり出したくせに、よく言う。

艶のある流し目で見つめられ、ナユラは小さくため息を吐き、彼の頭をぐしゃぐしゃに撫でまわした。

「当たり前でしょ、誰が殺されるもんですか。私はずーっと傍にいるから、あなたちゃーんと良い子にしなさいよ。人を不用意に傷つけちゃダメ。これ以上悪いことしたら、怒るわよ」

「うふふ、僕はいつだって良い子だよ」

そう言って、ジェリー・ビーは愛らしく微笑み、顔を寄せてナユラの唇にキスしてきた。

遠巻きにこちらの様子をうかがっている人々がざわつく。悲鳴を上げた者すらいた。

「こら！　人前で何してるの！」

ナユラは慌てて怒った顔を作る。人前でキスなんてはしたない！　根暗引きこもり魔女の名に傷がつく。

しかしジェリー・ビーは鈴を転がすような声で笑う。

「誰も見てなければいいの？」

「まあ……人目がなければね」

ナユラは難しい顔で考えながら答えた。

「あは！　ナユラ大好き。この世は馬鹿とブスばっかりだけど、ナユラは綺麗だから好き」

「はいはい、私も好きよ」

ナユラは諦めまじりに答える。彼を言葉で諭すのは、魚に山を登らせるような行為に違いない。

「うふふ、僕お腹が空いちゃったなあ」

ジェリー・ビーは満足そうに笑い、足をばたつかせる。

「ちゃんとご飯食べなさいよ。たくさん用意してあるから。あなたの好きなもの、そこに色々あるでしょ」

ナユラは大広間を指す。広間の端には食事や飲み物が用意してあって、中でもひときわ目立つお菓子の塔に着飾った令嬢たちが群がっている。

「わーい」

ジェリー・ビーは立ち上がり、ドレスの裾をひらひらさせて軽やかに走ってゆく。お菓子の塔の前で目を輝かせているジェリー・ビーに、令嬢たちが話しかけている。ジェリー・ビーは横柄な態度でそれをあしらい、令嬢たちを追い払っていたが、一人だけ熱心に食い下がっている令嬢がいた。ジェリー・ビーは案外まんざらでもないのか、彼女の話を聞いている。

ナユラは眩しいものを見るように、その様子を眺めていた。

息子たちには、最高のお嫁さんを見つけて幸せな家庭を築いてほしいと思っている。

だけど……この末っ子に関してだけは困難だろうなと思うのだった。


「どう思いますか？　兄上」

大広間で仮面舞踏会が開かれている最中——ルートは自分の部屋に呼んだオーウェンとランディに真剣な顔で問うた。

オーウェンはソファに腰かけ、その横にランディが立って弟の話を聞いていた。

部屋の隅にはアーサーもいたが、彼は仏頂面で壁に寄りかかっていた。

「ネズミを使い魔に……ぜひ見てみたいな」

オーウェンがいささか興奮気味に言う。

「そういうことではないんですよ、オーウェン兄上」

二人の兄に向かい合って立っているルートは、真顔で容赦なく切り捨てた。

「つまり俺たちの話を総合すると、ナユラの命を狙っている魔術師がいる。その魔術師は何者かに雇われている。そして、俺たちにナユラへの不信感を抱かせるようなことを言っている……ということだろう？」

ランディが腕組みして纏めた。

「そういうことです。ですが、母上はそれをあまり重要視していません。自分が命を狙われているというのに、注意を払う素振りすらないんです」

「まあナユラはあれだ……色々雑だからな」

「先生は魔女だから魔術師程度を恐れはしないんだろう」

「そうですね、ですが……私は放っておけません」

ルートは厳しい声で断言する。二人の兄に目を向ける。兄たちは同時に頷いた。

「同感だな。ナユラに手を触れようとする不届き者がいるなんて、それだけで万死に値する」

「だけど相手はせっかく魔術師なんだ。捕らえて実験動物にする方が有意義だと私は思うんだが……」

「オーウェン兄上、総合的に一番怖いことを言うのはやめてください」

ルートはにっこりと兄を睨んだ。オーウェンはおとなしく口を噤む。

「とにかく……あの無自覚で無頓着で無警戒な魔女を、私たちが守らなくてはなりません」

「なあ……」

と、今まで何も言わなかったアーサーが声を発した。兄たちはいっせいに彼を見る。アーサーは相変わらずの仏頂面だったが、俯いたりそっぽを向いたりすることはなく兄たちを真っすぐ見返していた。

「お前ら、ナユラが俺たちを騙してると思うか？」

低い声で響いてきたその言葉は、ここしばらく兄弟たちが考え続けていたことでもあった。

あの魔術師の言葉の、真偽を――

「……女性に秘密の一つや二つあるのは当然だ」

ランディが肩をすくめて返した。

「だが……ナユラが俺を愛していないわけがないだろ」

そう続ける。

「この国をいずれ陰から支えるのは俺なんだから、ナユラにとって俺は最も頼るべき男だろうしね」

「そうだな、先生がどんな風に生きてきたか私は知らない。だけど、どれほど真摯に魔術学を教えてくれたかは知っている。先生にとって私が一番の……そしてたった一人の可愛い弟子だということを、私は疑ったことなどないよ」

オーウェンがしかつめらしく頷いた。

「確かにオーウェン兄上もランディ兄上も少々癖のある性格ですから、手がかかる子ほど可愛いということはありますよね。私なんかは地味でたいしたとりえもありませんが、陰で一番母上を支えているという自負だけはありますけども……」

にこっと笑いながらルートが言う。オーウェンとランディは同時にムッと眉をひそめ、ルートを睨んだ。三人の視線がバチバチと火花を散らす。

それを見ていたアーサーは馬鹿にしたようなため息を吐いた。

「お前らは自信家だな。俺はあいつに頼られたとか役に立ってるとか感じたことはない。むしろ逆だ。たぶん俺がこの世で一番、あいつに迷惑をかけてる……」

自虐的な言葉を聞き、兄たちはますます表情を険しくした。

「何だそれは、自虐に見せかけた自慢か？　自分が一番気にかけてもらっているとでもいうのか？」

ランディがやれやれと首を振る。

アーサーは図星を突かれてしまったのか、口をとがらせてそっぽを向いた。

「……誰が」

「そういうことじゃない。俺は……俺がどれだけ迷惑をかけても、ナユラが俺を嫌ったことがないのを知ってる。俺なんか、今すぐ捨ててもいいような人間なのに、あいつは俺を捨てない。あいつが俺たちに悪意を持ってないのを、俺は知ってる。俺にはそういうことが分かる……」

アーサーはぽつりぽつりと語る。彼がこんな風に自分の気持ちを言葉にするのは珍しく、兄たちは相槌を打つことも忘れて聞き入った。

「だから安心しろって言いたいのか？」

そう確認したのはルートだ。

「いや……そうじゃない。俺はナユラに悪意がないことを知ってる。だけど……あの魔術師が言ったことは本当だった。あいつは嘘を吐いてなかった」

アーサーの言葉に、兄たちは絶句した。アーサーがそういうことを感じ取れると、兄たちは知っている。だから彼の言葉は正しい。

ナユラは……北の森の魔女は……自分たちを騙している。


「ふぁあっくしゃんならぁ!!」

ナユラは仮面の下で大きなくしゃみをした。

「魔女様、くしゃみオヤジですね」

いつのまにやらナユラの傍に控えていた召使のヤトが言った。

「いや、違うの。誰かが噂してるせいよ」

「噂されたらくしゃみがオヤジになるとか聞いたことねーですよ」

「うるさいわね。お前、召使なら少しは主人を庇ったらどうなの？」

「あはは、みんなこっちを見てますよ、魔女様」

「ああもう帰る……これ以上ここにいたら私は本当に吐くから」

薄情な召使を睨み、ナユラは口元を押さえた。

「ジェリー・ビーは満足してくれたかしらね」

ナユラはさっきご飯を食べに行ってしまった彼の姿を捜そうと目を凝らしたが、料理ののったテーブルの近くにジェリー・ビーの姿はなかった。

「あれ？　どこに行っちゃったの？」

ナユラは立ち上がってきょろきょろと広間の中を捜す。やはり、近くに彼の姿は見えない。

「おかしいわね……」

にわかに心配になって、ナユラは仮面をつけた人々の中を歩き出した。

大広間から少し離れたひと気のない廊下に、愛らしく着飾った少年がいた。

ジェリー・ビーは仮面舞踏会で声をかけてきた令嬢に手を引かれ、会場を抜け出してきたのだった。

「ねえ、僕に用事ってなあに？」

愛らしく問いかける。

ジェリー・ビーを引っ張っていた令嬢は立ち止まり、手を放した。つけていた仮面を鬱陶《うっとう》しげに外して放り投げる。金属の耳障りな音が廊下に響く。

「来てくださってありがとうございます、王子様。あたしはフィーと申します。あなたとお近づきになりたくて来たんですよねえ」

にんまりと笑う彼女を、ジェリー・ビーはしげしげと眺める。

兄たちが言っていた、ナユラの命を狙っている魔術師……それがどうして自分の前に現れたのか、ジェリー・ビーには分からなかった。

「僕に何の用？　僕があんまり可愛いから、引き寄せられてきちゃったの？　だったら残念、僕はお前みたいなブスに興味ないよ。おととい おいで」

ひらひらと馬鹿にしたように手を振る。

「お兄様たちにも言いましたけど、あたしはねえ、あなた方をお助けしたいんですよ。騙されてる可哀想な王子様を救うよう、依頼されてここまで来てるんですから」

「へーえ、誰にさ」

「それはあなた、ゆったら怒られちゃいますよ。あたしが教えてあげられるのは北の森の魔女のことだけです。あの魔女のこと、知りたくありません？」

　フィーは小首をかしげて答えを促す。

「お前が彼女の何を知ってるっていうのさ」

「そうですねえ……例えば、北の森の魔女がどうしてリンデンツの王妃になったのか……とか」

　その言葉に、ジェリー・ビーの愛らしい瞳がわずか鋭くなる。

「……へえ？」

「例えば、どうしてあなた方の母親の振りなんてしてるのか……とか」

「ふうん？　言ってみなよ」

　罠《わな》にかかった小動物を見るみたいに、フィーはにやと笑った。

「愛した男の面影を求めているから……ですよ」

「父上の面影ってこと？　つまんない答えだね」

「あはっ！　やっぱりなんにも知らないんですねえ」

「何がだよ」

「ドルガー王」

　フィーは静かにその名を告げた。それは二百年前に悪魔を封じたと言われる英雄王の名だ。

「ドルガー王が何だっていうの」

わずか苛立ったように問うジェリー・ビーを見て、フィーは可笑しそうに笑う。

「人を愛さない北の森の魔女が唯一愛した男の名ですよ。あの魔女様は、英雄王の面影を求めて王妃になり、あなたたちを育ててきたんです。今でもずっと……魔女様は昔の男だけを想ってるんですよねえ」

「……つまんない嘘だね」

「どうして嘘だと言えるんです？　だってあなた、魔女様の昔のことなんかなんにも知らないんでしょ？　なんにもなんにもなーんにも！」

ジェリー・ビーは言葉を返せず沈黙した。

「ああ……可哀想な王子様……あたしはあなた方をお救いしたいんですよ……」

「つまんないって、僕は言ったよ」

「あれれ？　怒らせちゃいました？」

「もういいよ、お前の話はもう聞かない」

「いいんです？　もっと素敵な話もありますよお？」

にやにや笑うフィーに、ジェリー・ビーは鋭い光を宿した眼差しを突き刺した。

「お前って、僕の言ってることが分かんないの？　あーあ、馬鹿の相手するのってほんと疲れちゃう」

ジェリー・ビーは紅を差した唇に触れる。

「それにお腹も空いたなあ……お前のせいで、ご飯食べそびれちゃったじゃん」

「それはすいませんねえ」

「そうだよ、責任取ってよね」

そう言って、ジェリー・ビーはふわりと彼女に手を伸ばした。抱き寄せるように首に腕を回し、顔を寄せて──ジェリー・ビーは大きく口を開くと、鋭い牙を覗かせてフィーの首筋に嚙みついた。

「あがっ！」

フィーが痙攣《けいれん》するような声を上げた。

滴る血を舐めながら、ジェリー・ビーは薄ら笑う。

「馬鹿でブスな人間の生気でも、少しはお腹の足しになるけど……魔術師の血ならもう少し僕のお腹を満たしてくれるのかなあ？」

更に牙を立てようとするジェリー・ビーを、フィーは力任せに突き飛ばした。

「お前……お前……悪魔憑きか！」

「あはっ！　気づくの遅いよぉ。馬鹿みたいなことべらべらくっちゃべってさあ！　それでもお前、魔術師なの？　ほんとの僕は悪魔にとりつかれて十年前にもう死んじゃった。今の僕は何だろう？　人間なのか悪魔なのか、よく分かんない」

悪魔として王子にとりついた記憶も、人間として悪魔に喰われた記憶も、ジェリー・ビーは両方持っている。だから、この人格がどちらのものなのか分からない。融合してできた第三の人格なのかも……

「でもお腹は空くから、人間の生気を吸わせるためにナユラがこうやって人を集めてくれる。愚かで醜い人間なんて、生気を全部吸い取って殺しちゃってもいいんだけどさ、殺しちゃダメってナユラが言うから、殺さないよう気を付けてあげてるけどね。僕って優しいでしょ？」

「あー……ああ、ああ……そういうことですか……あはははは、これは聞いてなかった。あたしも所詮は捨て駒ですか。不覚不覚不覚ですねえ！」

フィーは首筋を押さえ、ギラギラと怒りに双眸《そうぼう》を燃やす。

「さあ？　馬鹿なお前のことなんて知らないし。僕の餌になってくれるんでしょ？」

ジェリー・ビーは再び彼女に腕を伸ばした。

とりあえずお腹が空いた。とってもとってもお腹が空いた。血を飲んだのなんて久しぶりだし、この女はただの敵だ。殺したって……餌にしたって誰も文句なんか言わない。お腹が空いた……お腹が空いた……

「ジェリー・ビー！」

背後から、鋭く名を呼ぶ声が聞こえた。

ゆらりと振り返る。そこにはよく知った彼女の姿があった。

「ナユラ……」

「好みのお嬢さん、見つけたみたいね。でもダメよ、こっちにおいで」

「……嫌だ」

「いいからおいで！」

「い・や」

ジェリー・ビーが赤く染まった口で呟くと、ナユラは苦々しげに顔を歪め、大きく口を開いた。

「あ――――――――――……」

強く波打つ声が廊下にびりびりと響いた。腹の底がぞくぞくと震えて、ジェリー・ビーの瞳は彼女に目を奪われた。

くらくらと眩暈がし始めたジェリー・ビーに向かって、ナユラは声を発し続けた。

歌……ではない。少しも美しくない……ただ叫んでいるだけのような、洪水のような音だ。そこには音階などない。

その音に……くらくらする。ジェリー・ビーはその音に引き寄せられ、ナユラの方へ歩き始めた。

「来なさい」

ナユラは廊下に座り、両手を広げた。怖い顔をしている。魔女の闇色の瞳が悪魔を呼び寄せている。

ジェリー・ビーはそれ以上抗《あらが》うことができず、彼女の膝にぽふんと飛び込んだ。猫のように丸くなり、すり寄る。

するとナユラはほっと息をつき、今度は緩やかで優しげな歌を歌った。魔女の声は魔力の塊だ。それがジェリー・ビーの中に浸《し》み込んでゆく。空腹が埋まってゆく。

「良い子……あなたは人を喰っちゃダメよ。それをしたら、人じゃなくなる」

「……僕はとっくに人じゃないよ」

「そうね、人じゃないわね。だけど、あなたは私の息子で、兄たちの弟よ。そうありたければ、耐えなさい。良い子で人を喰わずにいるなら、私はあなたに快適な寝床と美味しいご飯を用意する。あなたが暴れても鎮めてあげる。私はそれだけの力がある魔女なのだから」

「だったら……ナユラの魔力を喰わせてくれればいいのに……」

「それはできないわ。私の魔力は封じられてるもの」

「ふん……つまんない」

ジェリー・ビーの中にあった様々な衝動は、すっかり消えてしまっていた。

いつの間にか魔術師は逃げ出していて、目の前に美しい魔女だけがいることに安堵する。

「……人間は愚かで醜い……僕の目にはそうとしか見えない。だけど……ナユラだけは美しい生き物に見える。だから、ねえ……僕より先に死んだらダメなんだよ。ナユラがいなくなったら僕は、ただの悪魔になっちゃうんだからね」

「分かってるわよ。約束するから」

ナユラがそう言うと、ジェリー・ビーは安心したように目を閉じた。

「魔女様、無事ですか？」

召使の不愉快な声がした。

「ええ、無事よ。ジェリー・ビーを部屋に運んで」

「はいよ」

抱きかかえられて、運ばれていくのが分かる。

ジェリー・ビーはしかめっ面でわずかに目を開けた。するとすぐ近くにナユラの顔があったので、ジェリー・ビーは再び目を閉じてゆっくり意識を手放した。

夢の中で、一つのことをずっと考え続けていた。

眠ってしまったジェリー・ビーを彼の部屋に運び込むと、それに気づいた兄たちがたちまち集まってきた。

「ジェリー・ビーが例の魔術師に襲われたわ」

ナユラは彼らに説明した。本人がここにいたら、襲われたのは自分の方だと言ったかもしれない。

「ナユラを襲ったあの魔術師か？　今度は何をしてきたというんだ」

ランディが険しい顔で聞いてくる。

「ジェリー・ビーを連れ出して何か話をしてたみたい。あの魔術師は私の命を狙ってたんじゃないの？　どうしてジェリー・ビーに近づいたのか……」

「人質にしてナユラをおびき出そうとでもしてたんだろうか？」

「それならもう、許すわけにはいかないわ。私を狙うなら放っておいてもよかったけど、あなたたちに何かしてくるつもりなら、手を打たないと……」

ナユラが険しい顔で考え込むと、長男のオーウェンが口を挟んだ。

「ジェリー・ビーはその魔術師を喰ったんですか？　先生」

「……血を飲んだようよ」

ナユラは正直に答えた。

この少年が悪魔憑きであることを、ナユラはもちろん知っている。

そして兄たちも、弟が悪魔憑きであることを知っている。それでも彼らは、この体の中に弟の心が残っていると信じている。

「血を飲んだのなら、しばらく人の生気を与えなくてすみますね。ちょうどよかった、ラッキーです」

オーウェンが言った。彼の倫理は弟か魔術学が絡むと紙切れよろしく吹き飛ぶ。この場合はその両方か……

「確かにそうだな」

ランディが同意したところで、ジェリー・ビーが目を覚ました。

「あ、ジェリー・ビー、大丈夫？　気分はどう？」

ナユラはほっとしてジェリー・ビーの眠るベッドの横に膝をついた。

ジェリー・ビーはしばしぼんやりしていたが、ゆっくり起き上がってナユラを見下ろす。

「ねえ……ナユラはドルガー王の恋人だったの？」

「……は？」

目覚めていきなりの質問にナユラの理解は追いつかなかった。

「さっきあの魔術師が言ってたんだ。ナユラはドルガー王を愛してたって。だから父上と結婚して、僕らを育ててるんだって」

ひゅっと……ナユラの喉は小さく鳴った。血の気が引くのが自分で分かった。

ふと視線を感じて目だけを上げると、四人の兄たちも驚愕の表情でナユラを見下ろしていた。

ダメだ――と、瞬間的に思った。動じたらダメだ。

「まさか、恋人なんかじゃなかったわ」

いっさいの迷いなく断言する。

「じゃあどういう関係だったの？」

「そんなの……あなたたちが知る必要ないでしょ。もう二百年も前の話よ。私だってそんな昔のこと、忘れちゃったわ」

きっぱりと突っぱねる。

「いやあ、二百年前のことだって魔女様は覚えてるでしょ」

部屋の端っこで成り行きを見守っていたヤトが言った。余計なことを言われ、瞬間的にナユラはこの召使をぶちまわしてやりたくなったが、無視してジェリー・ビーに向き直る。

「あなたたちに話せることなんて何もないわ」

それで話を切り上げようとする。が――

「ふうん……やっぱりドルガー王が好きだったんだ？　どこが好きだったの？　父上に似てた？　僕らに似てた？」

愛らしくも冷ややかな瞳で聞かれ、ナユラは反射的にブチ切れた。

「はあ!?　あの究極外道のバチクソろくでなし糞野郎《くそやろう》があなたたちに似てる!?　冗談やめてちょうだい！」

立ち上がりながら怒鳴る。

兄弟たちは全員驚いてのけぞった。

「あんな男に似てごらんなさい！　私はあなたたちを殺して死ぬわよ！」

ナユラは牙を剝いて吠《ほ》える。

「へーえ……じゃあ、ナユラは本当にドルガー王を好きじゃなかったの？　ほんの少しも？　彼のことを好きじゃなかったの？」

ジェリー・ビーは最後の確認をするように聞いてきた。否定すればこの話は終わると、ナユラは感じた。だから……

「当たり前でしょ。私があの外道を好き？　そんなの……そんなの……自分でも分からないわよ」

ぽろりと、本音が零れた。

しまったと思って息子たちを見る。その瞳に、昨日までの輝きはもう宿っていなかった。

第六章　魔女は愛の意味を知る

「あー、もう嫌……全部放り投げたい」

ナユラは自室のソファに寝そべり、もう何度目になるか分からない泣き言を言った。

「魔女様馬鹿じゃないすか？」

部屋の中にいたヤトがけけけと笑った。

仮面舞踏会の日から五日が経っている。あの日以来、ナユラは息子たちとろくに話をしていない。

「最初っから、昔付き合ってたけど別れた〜とか言っときゃよかったんですよ」

「そんな馬鹿げた嘘つきたくないわよ」

「じゃあ実際はどういう関係だったんです？」

「……言いたくない」

「魔女様やっぱり馬鹿じゃないすか？」

本気でぶちまわしてやりたいとナユラは切実に思った。

「はあ……もう一人にしてよ」

ナユラはソファに突っ伏した。

「はいはい」

適当な返事をして、召使は出て行った。

それからどれだけ時間が経ったか……ナユラがソファに伏せたままずっと身動きせずにいると、ナナ・シェトルが部屋に入ってきた。

彼女は緊張の面持ちで部屋の中を見回し、誰もいないのを確かめると封のされた手紙を差し出してきた。

「魔女様、お願いがあります。この手紙を読んでいただけないでしょうか」

「ん？　あなたが書いたの？」

「……いいえ」

この根暗引きこもり魔女に誰が手紙を？　何かの間違いではないかと思いつつ、ナユラは差し出された手紙を受け取った。

いったい何だろうと訝りながら、封を切る。

便箋《びんせん》を開けば、丁寧な文字で言葉がつづられている。

それを読んで、ナユラは面食らった。

そこには思いもよらないことが書かれていた。

その翌日——

「魔女様、本当によかったのでしょうか？」

「大丈夫よ、誰にも気づかれてないわ」

ナユラとナナ・シェトルは王宮の外にいた。

二人がいるのは王宮から少し離れた場所に建造された、巨大で美しい白亜の教会の前だった。

「祖父の手紙には何と書いてあったのですか？」

「あなたが知る必要はないわ」

手紙を送ってきたのは、ナナ・シェトルの祖父であるコーネフ総主教だった。

ジェリー・ビーにとりつく悪魔のことで、重大な相談がある。二人だけで話し合いをしたい——

これが手紙の内容だった。ナユラはしばらく悩んだが、結局承諾の返事を送り、ナナ・シェトルの手引きで王宮を抜け出した。驚いたことに、総主教の孫娘である彼女には自由に王宮に出入りする権限があった。

そうして王宮を出た二人は街中を歩き、教会までたどり着いたのだった。

魔女が教会に出向くなんて気持ちのいい話ではないが、あの手紙を無視はできない。

もちろん内密にという言葉も守った。教会を怒らせるのも嫌だったし、何より気まずい今の状況ではこのことを息子たちに話したくなかった。あの厄介で面倒な万年反抗期たちは何をするか分からない。

だからまず、自分一人で話を聞いておきたかった。

異国では教会が魔女を捕らえて火炙《ひあぶ》りにすると聞くが、幸いというかなんというか、ナユラはこの王宮に入ってから教会の干渉を受けたことはなかった。完全に無視されていたのである。

そもそも、教会で行うべき婚礼などもしていないから、この教会にとって自分が果たして王妃であるのかどうかも怪しい。

そんな自分に、総主教は何の話があるというのか……

ナユラが最も恐れるのは、教会が悪魔憑きのジェリー・ビーを危険視して火炙りにでもするのではないかということだった。それだけは、何としてでも阻止しなければ
……

「あなたのおじい様に会わせてちょうだい」

「はい、どうぞこちらです」

ナナ・シェトルは神妙な面持ちでナユラを先導し、教会の中へと入っていった。

一面に装飾の施された荘厳な教会だった。高い天井に広い部屋。壁には歴代国王の肖像画が掛けられ、正面の祭壇に優美な女神像が安置されている。そして、その下に立派な白いひげを蓄えた老人が立っていた。

「おじい様、王妃様をお連れしました」

彼がナナ・シェトルの祖父、コーネフ総主教だったようだ。ナナ・シェトルは緊張した声で祖父を呼んだ。

「……お待ちしておりました、魔女様」

彼がしわがれた声で言った途端、隠れていた兵士たちがぞろぞろと出てきてナユラを取り囲んだ。

一瞬で、ナユラは状況を把握した。隣に立っていたナナ・シェトルを鋭く睨む。

「あなた……私を騙したの……？」

しかし、ナナ・シェトルはわけが分からないという様子でおろおろしている。

「え!?　え!?　おじい様！　これはいったいどういうことなのですか!?」

とても嘘をついているようには見えない。

ナユラは大きく息を吸い、大きく吐き出した。そして総主教を見据える。

「私に用事というのは？」

魔女を火炙りにでもしようというのか……？

「みな、速やかにやってしまいなさい」

総主教はナユラに答えることなく命じた。兵士たちが険しい表情でナユラに手を伸ばす。それを拒む手段を、今のナユラは持っていなかった。

何が起きているのかも分からない。

一つだけ分かるのは、自分がまんまと罠にかかってしまったということだった。

「これはいったい何の真似？」

ナユラは教会の地下牢に閉じ込められ、外にいる見張りの兵士に問いかけた。兵士たちは答えない。冷たい地下牢の石畳に座り込み、ナユラはため息を吐いた。

これは絶対後で息子たちに文句を言われるやつだ……

馬鹿だとか考えが足りないとか無謀だとか……絶対色々言われる。

自分がしくじったのだろうことは分かるのだが、そもそもナユラは昔から危険に対して警戒心が薄かった。生まれてこの方、身の危険を感じたことがないからだ。

北の森の魔女を傷つけられるような者はそういない。しかし今は……

「ざまあないですねえ、魔女様」

不意に声がして、見れば魔術師のフィーが地下室に下りてくるところだった。鉄格子の向こうにその姿を認め、ナユラは忌々しげに歯噛みした。

この女は教会の雇われ者だったのか……

「怖い顔ですねえ。怒ってます？　なのにどうして、逃げないんです？　逃げられないから……ですよねえ？　魔女様、今は魔術を使う条件を満たしてませんよねえ？」

そう……今この場において、ナユラは条件を満たしていない。だから魔術は使えない。今の自分はただの根暗引きこもり女だ。

だが、何故この魔術師がそれを知っている……？

フィーを睨んでいると、地下室にぞろぞろと人が下りてきた。

着ているものから聖職者だと分かる。コーネフ総主教を筆頭に、主教たちが集まっていた。

これから行われることは明白だ。

火炙りだ。魔女は昔から教会に捕まれば火炙りと決まっている。そういう話は何度も聞いた。

こんな根暗引きこもり魔女を炙って何が楽しいのか……私はベーコンか？　それとも血を詰めたソーセージか？　ナユラが目をつり上げて彼らを睨んでいると、彼らは鉄格子の向こうに並んで立ち、ナユラを見下ろした。全員酷く険しい思いつめた顔をしている。

そして彼らは——突如その場に跪き、手を組んでナユラに祈りを捧《ささ》げた。

「お許しください……偉大なる魔女様……」

捧げられた祈りに、ナユラはぎょっとする。

これは……どういう状況だ？　いやいや、分かってる。火炙りだ。絶対火炙り。

「我らはこの国のため、王子殿下のため……あなた様を弑《しい》し奉《たてまつ》らねばなりません」

彼らの声は震えていた。その体も震えていた。瞳に宿るのは明確な恐怖だった。

ほらね！　ナユラは自分の予想が的中したことを確信する。

「私を火炙りにするつもりなんでしょう？　私が魔女だから……」

絶対そうだと思ってた。不思議なのは、この十年何もしてこなかった教会がどうして今さら……ということだ。

「私をソーセージにしたところで……」

「我らはあなた様がなさったことを存じております」

「え……」

ナユラは瞬間、呆けた。

「二百年前、あなた様がドルガー王に何を与えたのか、存じております」

コーネフ総主教は更に言った。

どくんどくんとナユラの鼓動が速まる。脳が正常に働くことを拒否している。

それでも容赦なく、総主教は言葉を重ねる。

「魔女様……我らはドルガー王が英雄ではないことを存じております。かの王は、国を襲った悪魔を教会の地下に封じた英雄などではありません。ドルガー王は……悪魔と契約して国を売った恐ろしいお方。そして魔女様……あなた様がドルガー王にその力を与えた張本人でいらっしゃいますね？　我らは全て、分かっているのです」

彼らは淡々と……残酷に続けた。

嘘だ……嘘だ……彼らがそれを知っているはずがない……

ナユラは胸中で否定するが、それは容易く打ち砕かれる。

「我らは全てを知っています。今の国王陛下が病に倒れたこと……アーサー殿下が魔力性感覚障害を持って生まれたこと……ジェリー・ビー殿下が悪魔にとりつかれたこと……その全てがあなたのせいだということを、我らは知っているのです」

目の前が白く霞《かす》み、気が遠くなる。自分が呼吸をしている気がしなかった。

「な……ぜ……？」

掠《かす》れる声でナユラはどうにか呟いた。

何で知っている……どうして知っている……それを知っている人間なんて、もういるはずが……

「ドルガー王が全ての記録をこの教会に残していかれたからです。その記録は、我々主教たちに代々受け継がれています」

「あの極悪非道ろくでなし糞野郎!!」

ナユラは思わず床を叩いた。

主教たちがびくりとする。

ぜーはーと荒い息をして、ナユラは主教たちを睨んだ。

もう隠す意味はないのだ。彼らは全て知っている。白を切ることは無意味だった。

「それで？　お前たちは私をどうするつもりだ？　この北の森の魔女を……リンデンツの全ての民を悪魔の生贄《いけにえ》に捧げたこの魔女を！」

◇　◇　◇

その男が魔女の前に現れたのは今から二百年前のことだった。

男はぼろぼろの格好で、森の奥に住む魔女のもとへとたどり着いた。

北の森は悪魔の棲む森……古くから人々に恐れられてきた。

しかし、時折悪魔の力を求めて入ってくる者がいたのだ。

そういう人間は、魔女を見つけるとその力を欲しがった。

魔女は彼らを追い払うために、いつも手荒なことをしなければならなかった。

男はその一人だった。

端的に言えば、魔女は人間というものが嫌いだった。

この世の全ての人間を、魔女は嫌っていた。

だから容赦する理由がなかった。

魔女は男の腕の骨をへし折り、痛い目に遭いたくなければ帰れと脅した。

しかし男は帰らなかった。

魔女は男の足をへし折り、這いつくばって逃げろと脅した。

しかし男は逃げなかった。

魔女は男の片目をえぐり、残った目も潰すと脅した。

しかし男は残った瞳で、ナユラを真っ向から見た。

「俺に力を与えろ、北の森の魔女」

魔女は今まで人を恐れたことなどなかったが、初めて恐怖を感じた。

「お前は何のために力を求めるのだ？」

魔女は問うた。

「俺の国を守るためだ。俺の民を守るためだ。あれは全部俺のものだ。俺は俺の所有物を、他の何者にも奪われたくない」

男は欲望の権化だった。

それは強烈で、恐ろしい感情だった。

魔女はそれまで一度も人に力を授けたことはなかった。ただ……その時初めて心が動いた。

名を問うと、男はリンデンツの王でドルガーと名乗った。

魔女は爪で己の指先を切り、滲み出た血を男の額に塗った。

「お前の暮らす王宮の近くに泉がある。その泉には古くから悪魔が棲みついている。私の血で悪魔を呼び出し、契約しろ。泉の上に教会を建て、民の信仰を悪魔に捧げよ。悪魔はその信仰を代価に、お前の願いを叶えるだろう」

魔女は彼に知恵と力を与えた。

「信仰だけでいいのか？　それだけで願いが叶うのか？」

「契約するなら悪魔はお前に魂を求めるだろう。死後、お前の魂は悪魔のものになるだろう」

「それだけでいいのか？」

「……それだけだ」

「……分かった」

男はにやと笑った。その笑みに、魔女はぞくりとした。

そうして彼は、折れた手足を引きずって森を去った。

その後すぐ、男は魔女の言葉を実行した。

教会を建て、民の信仰と、自分の魂を捧げて悪魔の力を得た。

王は力を得て周りの国々を次々に打ち倒し、英雄と呼ばれた。

リンデンツの領土は広がり、大地は豊かな実りに満たされ、凶作や飢饉《ききん》が起こることは全くなくなった。

おかしい……と、魔女は思った。

捧げた代価と恵みが釣り合っていない。人間の得たものが多すぎる……

不可解に思っていたある日、男はまたやってきた。

北の森の奥にある魔女の小屋に、男はいきなり入ってきた。

手には林檎の袋を抱えていた。

「お前に礼を、北の森の魔女よ」

男はそう言って、粗末なテーブルの上に林檎を置いた。

そして許しも得ず椅子に座り、足を組んで魔女を眺めていた。

魔女が以前えぐった瞳には眼帯をしている。

「リンデンツの王、お前は本当に私の言葉を正しく実行したのか？」

竈の火を消してそう問いただす魔女に、彼は笑った。

「教会を建て、自らの魂を捧げて悪魔と契約した。それだけだ。が——少々先の分まで捧げておいた」

「先の分？」

「これから生まれるであろう俺の子孫」

「子孫……？　お前、まさか……」

「俺の直系の子孫の魂も捧げ、それに見合う実りをもたらせと悪魔に命じた。悪魔は喜んで俺と契約し、俺の願いを叶えたぞ」

「お前は外道だな」

魔女は言った。それは単なる感想でしかなく、魔女は生贄となる彼の子孫を哀れに思ったわけではなかった。しかし——

「魔女は案外優しいことを言う」

唐突に、男は座ったまま近くに立っていた魔女の手をつかんだ。

「俺の子を産むのはお前でもいいぞ。魔女の血を引く子供なら、悪魔は喜んで更に恵みをもたらすだろうからな」

男が自分を愚弄《ぐろう》したのだということは分かった。けれど、魔女はそれに怒りを感じなかった。

少しばかり不思議に感じていた。

「お前は本当にろくでもない外道だ……魔女をそこまで利用しようと思うほど、国や民を愛しているのか……」

「俺の所有物だからな」

「……私には理解できない。私は人を愛したことがない。私は人が嫌いなのだ」

生まれてすぐ迫害され、三十で森に籠った。

人を嫌うには十分なだけの思いをしてきたが、それだけではなく、魔女は人以外のものも愛したことはなかった。

愛というものの正体が、魔女には分からない。

自分には理解できないそれを原動力に、目の前の男は非道を行ったのだ。

「俺は俺の愛する者のために生きている。そのためならどれほど残虐なことでもできるだろう。魔女よ、お前は何のために生きているんだ？」

魔女はぱちくりとまばたきした。百年生きたが、一度も考えたことがなかった。

「さあ……何のためだろう……？　日々美味いものを食べたいと思って生きている。それ以外には特にないかもしれない」

ちらと竈を見る。そこにはシチューの入った鍋がのっていて、湯気を立ち昇らせている。食べることは好きだ。唯一の楽しみだ。

「なるほど、それはいいな。いい匂いだ、魔女らしく毒キノコでも煮てるのか？」

男がそう言うので、魔女は彼の手を引きはがし、鼻歌を歌いながら指を振った。

小屋のあちこちに描かれた魔法陣が光り、戸棚から木の器が二つ飛び出す。お玉が躍りながらシチューを掬う。

あっという間に湯気の立つシチューの器がテーブルにやってきた。一つは男の前に、もう一つはその向かいの席に。

男は感心したように目を見張った。

魔女は男の向かいに座り、木の匙でシチューを口に運ぶ。

「うん……よくできた」

満足そうに一つ頷く。

男も同じように躊躇《ためら》いなく、魔女の作ったシチューをほおばった。

そして何故か、笑い出す。

「魔女が普通のシチューを作るとは思わなかった。水晶のグラスで生き血を飲んでいると思ってた」

「血と臓物の腸詰《ちょうづめ》なら好きだが……」

「ああ、あのソーセージは美味いな」

そう言って、男はシチューを次々口に運ぶ。

「甘いものも、もちろん嫌いではない」

魔女は男が持って来た袋を開けて林檎を取り出し、また鼻歌まじりに指を振った。

林檎はひとりでに割れて、戸棚から飛び出してきた皿の上に整列した。

男は目の前に並ぶ林檎を見て、一つつまみ上げ、可笑しそうにくっくと笑った。

「ウサギさんだ」

「そう、ウサギさんだ」

魔女は淡々と相槌を打った。

「魔女は歌で魔法を使うのか？」

「これは枷だ。私がそのように定めた。音と魔法陣で魔術が発動するよう、自らに枷をはめたのだ。そうしなければ、私は人を殺しすぎる」

「人は嫌いだと言ったくせに」

男はしばらくウサギ林檎を眺め、不意に言った。

「なあ、魔女……お前は本当に一度も人を愛したことがないのか？　男に惚れたことも？」

「ないな、私は七十年ここに籠っていて人と会うことはあまりないし、会えば相手は私の命か力を狙うから、私はそれに対処しなければならない」

魔女は林檎を一つつまみ、口に運んだ。シャリシャリと甘ずっぱい音がする。

「へえ……人をたくさん殺してきたのは本当なんだな。初めて殺したのはいつだ？」

男の瞳には憐れみも恐怖も何もなく、ただ好奇心だけが浮かんでいた。

「……十五の時、生まれた村の男に襲われた。よく分からないが、私をどうにかしたかったようだ。私に触れた途端、男は全身から血を吹き出して死んだ」

魔女は無感情に答えた。それは遠い記憶で、今では思い出すこともなくなってしまっていた。

男は真顔でしばし黙り込み——にやと笑った。

「残念だ」

「何が？」

「そこにいたら、俺が殺してやったのに」

「……お前はまだ生まれていないよ」

男がどういう意味で言ったのか、魔女には定かに分からなかった。

その言葉が自分の内側にどういう感情をもたらすべきだったのかも……

「ああそうだ。だが今はここにいる。お前を王宮に連れて行くことだってできる。こんなところで林檎を食ってるくらいなら、お前は俺を愛してみればいい」

彼は尊大なほどの自信を滲ませて言う。

あまりに馬鹿馬鹿しくて、魔女は少し変な顔になった。

「お前が血塗《ちまみ》れになるつもりか？」

「いいや、お前は俺を殺さない」

断言する。その自信はどこから来るのだろう……？

魔女はまた指を振り……空になった皿を片付けた。

「もう帰れ、リンデンツの王。二度とここへ入るな。私は人が嫌いなのだ」

冷たく、そう告げる。

「そうか……残念だ」

彼はふっと笑い、立ち上がって背を向けた。

何故だか、自分がこの男に会うことはもうないなと……分かった。

男は小屋の扉を開き、出て行く間際に振り返った。

「なあ、魔女よ……俺から一つ、お前に呪いを授けよう」

そんなことを言い出す。

「お前はいつかこの森を出る。人を愛する日が来るだろう……」

そう告げて、男は小屋を出て行った。

そしてもう二度と、森を訪れることはなかった。

魔女は自分が授けた力の行く末を見守り続けた。

森の中から、リンデンツのことを見つめ続けた。

悪魔は確かにリンデンツ王家の魂を受け取り、王家に様々な力を授けていた。
高い知能。健康な肉体。優れた運動能力。人を惹きつける魅力。美しい容貌。
誰もが羨む力だ……皆がリンデンツ王家を褒め称《たた》えた。
しかし――もたらされた恵みと引き換えに苦しむ者がいた。
リンデンツの王族の中には、時折早死にする者が出た。
時折悪魔にとりつかれる者が出た。
時折魔力障害を持って生まれる者がいた。
悪魔の恵みの代償に、苦しむ子孫が何人もいた。
あの外道が悪魔と契約した結果だ。
あれから百九十年……魔女はリンデンツを見守り続けてきた。
そして考えた。愛とはいったい何なのだろう？
ドルガー王は国を愛し民を愛し、愛するものを守るため子孫を悪魔に捧げた。
それが外道たる彼の愛だった。
苦しむ者がいることは分かっていたはずなのに、それでも彼はやった。
愛する子孫を生贄に……愛する民を飢饉や戦《いくさ》から救った。
彼の愛は、呪いだった。
愛とは……何だ？

魔女は幾度も考えた。

愛とは何か——などと考えるのは暇人だ。

日々を懸命に生きる者にとっては、そんなことより小麦の収穫の方がよほど大事だ。

だが、魔女は暇だった。有り余る時間があった。

だからそのことをずっと考え続けていた。


そして今から十年前、魔女は森に押し入ってきたリンデンツの兵に捕らえられて、森を出ることになる。

そして王宮で、再びリンデンツの王と出会った。

ドルガー王の子孫、エリックと——

「きみは恐ろしい力を持つ魔女だと聞くが、何故こんなにも簡単に捕まってしまったんだ？」

エリックは、王宮の地下牢に閉じ込められた魔女を見て不思議そうに聞いた。

自分の命令で捕らえたくせに、おかしな男だと魔女は思った。

「私はずっと前に凶悪な敵と戦って魔力を封じられている。一定の条件下でなければ魔術を使えないのだ。お前たちが私を捕まえた時、私は……その条件を満たしていなかった」

そう説明すると、エリックは真剣な顔で聞いてきた。

「……きみは、人を生き返らせることはできるか？」

「できない」

魔女はただ一言答えた。

それを聞いた途端、エリックは泣き崩れた。

魔女は酷く驚き、何もできずにただその姿を見守った。

彼は半日ほど泣いた後、三か月前に妃を失ったのだと話し始めた。

「当然のことだな……死者を生き返らせるなど無理に決まっている。最初からそんなことは期待していなかった」

エリックは力なく言った。分かり切ったことで半日も泣いたその男が、魔女は不思議でならなかった。

彼はドルガー王と少しも似ていないと魔女は思った。

大事な人を救うために魔女を捕らえたエリックも、行動理念は愛と呼べるものだったはずなのに……彼は優しすぎる。

あの外道からどうしたらこんな優しい子孫が生まれるのかと、不思議なくらいだ。

それなのに……何故か魔女は恐怖を感じた。胸の鼓動が不吉に速まる。

エリックは鉄格子の向こうから魔女を見据えた。

「私は病だ。もうすぐ死ぬ。医者にそう言われている。リンデンツ王家の人間は……時々奇病にかかるんだ。英雄王が封じた悪魔の思念が、今でも残って王家の人間を呪っているという者もいる」

いいや、それは英雄王の呪いだ。彼がお前たちを悪魔に売ったのだ。

「私はもうすぐ死ぬ。だからきみに……何でもあげよう。金も、地位も、領地も、人も、欲しいものを何でもあげよう。その代わり……頼みを一つ聞いてほしい」

彼は思いつめた瞳で言った。

「私の息子たちを守ってほしい。北の森の魔女よ」

強く真っすぐなその瞳を受けて、魔女の鼓動は痛いほどに強くなる。

「息子たちはまだ子供だ。だから私の代わりに、息子たちを守ってほしい」

「何故？　何から守るのだ？」

「……悪魔からだ」

魔女はその不吉な言葉に眉をひそめた。

「悪魔だと？」

「……妻が亡くなってすぐのことだ。末の息子が……池で溺れて心臓が止まった。死んだと思った。だが、次の日になって命を吹き返したんだ。あれは奇跡だった。しかし……目覚めた息子は悪魔にとりつかれていた。妻は救えなかったが、あの子だけは何としても救いたい」

エリックは鉄格子を握った。

「きみなら悪魔を祓《はら》うことができるんじゃないのか？　北の森の魔女よ」

「……いいや、それもできない」

「何故だ！」

「息子は一度死んだのだろう？　悪魔を祓えば死体が残るだけだ」

ナユラは淡々と事実を告げた。

彼は声にならない絶叫を上げ、石畳を殴りつけた。

ぶるぶると怒りに全身を震わせている。

その時何故か、魔女はあの男の言葉を思い出していた。

お前はいつか人を愛する――その言葉を思い出していた。

愛――とは、何なのだろう？

何故、人は生まれてくるのか――何故、人は子孫を残すのか――何故、人は戦をするのか――人は何のために生きるのか――愛とは何か――

長い時を籠って生きてきた魔女には何も分からない。どれも……何一つとして、この世界には必要じゃないように感じるのに……

どくどくと、胸の鼓動が速まる。感じているのは紛れもない恐怖だ。

こんなどうでもいいことを……少しも必要じゃないことを……自分はどうしても知りたいと思っている。自分が自分ではないものの執念に操られているかのようだ。

その恐怖に目が眩《くら》む……

あの時……あの男が森を去った時……確かに自分は呪われたのだ。

「お前の息子は死んだが、決して消え去ったわけではない。あの体の中にはまだ魂が残っているだろう。あれがお前の息子であることに変わりはない」

魔女は静かに語る。

エリックは酷い形相で顔を上げた。

「悪魔にとりつかれたお前の息子は、これから多くの人間を喰らうだろう」

「あの子が……人を喰うというのか？」

エリックは震えながら零すように言った。

「悪魔憑きの多くは人を喰う。人の生気や精神や血や肉を……。私ならそれを制御してやれる。人を殺すことなく、人を喰う術《すべ》を教えてやれる」

その言葉に、彼の瞳はわずかか輝く。

「やって……くれるのか？」

「それと引き換えに、私からも一つ頼みがある」

「何が望みだ？」

「私をお前の家族にしてほしい。そうするなら、お前の息子を守ろう」

魔女はエリックに囁きかけた。

エリックはその言葉を理解し損《そこ》ねたかのように放心した。

「か、かぞく……？」

「家族だ。お前の妻の座……子らの母の座……それを私に与えるなら、私はお前たちを救おう」

「何故……何故家族に……？」

しばらく呆けたのちに彼は聞いた。

「あい――を、知りたいのだ。あの男がこの国に何をしたのか、あの男が私を呪ったのは何だったのか……私が何をしたのか……知りたいのだ。家族は愛の最小単位……なのだろう？　それを私に教えてくれ」

愛という言葉をのせた天秤《てんびん》の、その反対側の皿に何をのせるのか……魔女はそれを彼にゆだねた。

エリックは一晩考えてから、その話を受けた。

彼は妻を愛していたが、息子を守る方がより大切だった。

それもまた、愛と呼ばれるものなのだろう。

その正体が、魔女にはやはり分からない……

ほどなく彼は床に臥した。

それは悪魔の呪いによる奇病で、治すことはできない。

ただ……魔女は彼を眠らせることで、その呪いを一時的に止めた。

そして魔女は、五人の王子の母親になったのだ。

魔女は人と同じ暮らしをしたことがなかった。

幼い頃から一人でいたから、誰かとともに歩き歩調を合わせることも、人と同じ時間に寝起きすることも、何一つ知らなかった。

残された子らに対してどう振る舞うのが最適かも分かっていなかった。

分からないからただ、物語に出てくる母親の真似事をしようと努めた。

やんちゃで厄介で面倒で万年反抗期の息子たちに、手を焼く母親の振り……

何年も何年もその振りを……

そしてある夜のこと――

今から五年前、ジェリー・ビーがお腹を空かせすぎて暴れ出した時のことだった。

兄たちはみんな弟が悪魔憑きだと知っていたから、人に被害を与えないよう四人がかりで弟を押さえ込んだ。

ジェリー・ビーに与えられる生贄がそこにはなかった。

魔女は自分の手首を切り、流れる血を彼に飲ませた。

ジェリー・ビーが落ち着いた時にはもう、兄弟全員ズタボロになっていた。

傷だらけの血塗れで、みんなぐったり部屋に座り込んでしまった。

ジェリー・ビーを膝で眠らせながら、魔女は……ナユラはふと感じた。

これは全部、自分がやったことなのだ……と。

悪魔との契約がどれほど危険か誰より知っていて、極悪非道なあの男に知恵と力を与えた。

自分の罪はずっと前から分かっていた。

自分のしたことで、何人もの子孫が苦しんできたのを知っている。

それを見てきた。けれど……何も思わなかった。

人が苦しむ姿に、何も感じたことがない。

魔女は人間が嫌いだったから、誰の血を見ても誰の涙を見ても、心が動くことはなかった。

それなのに……何故か今、どうしようもない罪悪感が後から後から湧きあがってくるのだ。

この罪悪感が愛なのだ……唐突に分かった。

途端、自分がやってきたことを彼らに知られたくないと痛切に思った。

その恐怖に名を付けるなら、それもまた愛だった。

世界に数多存在する喜びと対極をなす、この恐ろしい感情に、人は愛の名を与えてきたのだと初めて知った。

◇　◇　◇

「……あなたたちは私に罪を償えというの？」

ナユラは牢の鉄格子を握り、外で跪く主教たちに問うた。

それは正当な要求だ。

大切な王家を悪魔に呪われた彼らは怒って当然なのだ。

聖職者でありながら悪魔に奉仕している現実も、彼らの尊厳を傷つけたことだろう。

しかし、ここで死んでやるわけにはいかなかった。

「私を火炙りにすれば悪魔の呪いが解けると思ってる？　残念だけど……」

「あなたはドルガー王の恋人でした」

言葉を遮られ、ナユラはきょとんとする。

今、そんな話をしていたか？

「私はあの男とそういう関係じゃない」

「いえ、あなた様はドルガー王を今でも深く愛し、彼のために国を思うまま操ろうとしているのです」

「……は？」

ナユラは頭がこんがらがって、馬鹿みたいな顔になった。

「待って、あなたたちは何を言ってるの？　私がドルガー王のために国を操る？」

「はい、そういうことにしていただきます」

「……そういうことにしていただく？」

彼らの話が理解できないのは、自分が愚かだからか？

ぽかんとするナユラに向かって、コーネフ総主教は声を張り上げた。

「偉大なる魔女様！　我らはリンデンツに豊穣と平和をもたらしたあなた様に心から感謝しております！　たとえそれが悪魔の力であろうと、民が飢えるよりはずっといいのですから！」

「あ……うん」

ナユラはその勢いに押された。

「しかし、このままではいけないのです。王子殿下には一人の妃もなく、このままでは悪魔との契約を果たすべき子孫が生まれなくなってしまう」

そこで初めて、ナユラは彼らが言わんとするところを理解した。

ナユラのはっとした表情を見て、彼らはナユラが理解したことを察した。

「ええ、そうです。悪魔に捧げられるのはドルガー王直系の子孫の魂。王子殿下が妃を迎えて子孫を作らなければ、悪魔はリンデンツを見限るでしょう。そうすれば、今の実りは得られなくなる。元々痩せているこの土地では、ここ二百年で増えた人口を支えられなくなる。大量の餓死者が出ます」

主教たちの表情は必死だった。

「ちょっとまって！　だったらどうして私を殺すなんて話になるのよ！　私はあなたたちと同じように、あの子たちのお嫁さんを探そうとしてたのよ？」

彼らの目的が王子たちの結婚なら、ナユラは何の障害にもならないはずだ。むしろ、自分たちは手を取り合えるはずだ。

「魔女様……あなたは何も分かっていない。王子殿下が誰一人として妃を迎えないのは、全てあなたのせいなのですよ？」

ナユラはぎくりとし、否定できずに唇を噛みしめた。

「ええ……それは分かってるわ。私がドルガー王に与えた力のせいで、アーサーは魔力障害を起こしているし、ジェリー・ビーは悪魔に……」

「そういうことではないのですよ」

「そういうことではない？」

彼らの結婚を困難にしているのはそういうことじゃないのか？　それ以外に何があると……？　性格が厄介で面倒でいつもとんでもないことばかりやらかすからか？

しかしそれは断じてナユラのせいじゃない。彼らは出会った頃から彼らだった。

「あなた様がいるから、王子殿下は結婚なさらないのです」

「魔女の存在が邪魔だと言いたいの？　言っておくけど、あの面倒な子たちの面倒をみられるのは世界広しと言えど私だけよ！　そこだけは評価してほしいわ！」

「ですからそれが悪いのですよ！」

「何でよ！　私がいなかったら王宮は今頃めちゃくちゃよ！」

ナユラはだんだん腹が立ってきた。

確かに自分は罪を犯した。が、あの子たちに関してだけは真っ当にやってきた。むしろ自分が振り回されてきた方だ。毎日全力で奴らの尻拭いをしてきた自分が、どうしてここまで言われなければならないのか……

しかし総主教は話にならないとばかりに首を振った。

「五人の殿下は全員あなた様に心を奪われすぎている。それが問題なのです」

断言され、ナユラは腹立たしげに嘆息した。

「それは誤解よ！　私があの子たちを洗脳して操っているという噂は何度も聞いたわ。だけど、私は神に誓ってそんなことしていない！」

腹が立ちすぎて、思わず神に誓ってしまった。魔女としては完全に失言だ。

「そういう意味ではないのです！　王子殿下は全員あなた様を――」

そこで突如、地下室が揺れた。

地震かと、みなが息を詰める。次の瞬間――地下室の天井を木の根が突き破って飛び出した。

「うわあああああ！」

主教たちは悲鳴を上げる。

見覚えのあるこの根は――

ナユラはすぐさまその異常事態を引き起こした人物を察した。

「オーウェン！」

名を呼ぶと、突き破られた天井の隙間から、第一王子のオーウェンが根を滑り降りてきた。

「このマンドレイク、とてもうまくできたと思います、先生」

「あなた、どうしてここが……」

「ナナ・シェトルが王宮に駆け込んできて、私たちに助けを求めてきたので」

ナナ・シェトルが……彼女がオーウェンに助けを……ん？　いや——

「私たち？　あなただけじゃ……ないの？」

不穏な言葉が引っかかった。

「俺たちもここに」

言いながら階段を下りてきたのはランディだった。

「ランディ！　あなたまで……」

「これはずいぶんと愉快な状況だ」

ランディはにたりと笑った。

いけない……これはいけない……主教たちが豚の餌にされてしまう……

ナユラは青ざめた。

「とにかくちゃんと話をするわ。落ち着きなさい」

「俺たちは落ち着いてる。なあ、兄上？」

「ああ、落ち着いてるよ」

嘘つけ！　落ち着いてる人間が地下牢を魔術でぶち破ったりするものか！

「母上こそ落ち着いてください、話は私たちも聞かせてもらいました」

穏やかに言いながら階段を下りてきたのはルートだ。その言葉にナユラは息が止まりそうになった。

「話って……何を……」

「全部ですよ。オーウェン兄上が魔術で盗み聞きを」

もうダメだ……終わった……ナユラは人生の終焉を悟った。

ナユラが突っ伏していると、階段を駆け下りてきたアーサーが剣を抜いて総主教に襲いかかった！

「うわああああああ！」

叫んだのは総主教じゃなくナユラだった。

総主教は悲鳴も上げられずに逃げまどう。アーサーは憤怒の表情で彼を斬ろうと追い回した。

「やめてやめて！　誰か止めて！」

ナユラは鉄格子を叩いて訴える。

「え？　何故だい、ナユラ」

「何故ですか？　先生」

「あのままでいいと思いますよ、母上」

三人の兄たちは弟の蛮行をあっさりと容認した。

「よくないわよ！　アーサーを人殺しにするつもりなの!?」

彼が本気で人を殺そうとしているところなんて初めて見たナユラは慌てふためくが、

牢の中ではどうしようもなかった。

「別にいいんじゃなーい？」

ころころと笑いながら、ジェリー・ビーが現れる。

一瞬、悪魔憑きの彼が教会に囚《とら》われるのでは――とナユラは混乱した頭で思ったが、すぐにこの教会は悪魔の敵ではないのだと思い直した。

いや、そんなことよりアーサーだ。

「ナユラを僕らから盗《と》ろうとした奴らなんでしょ？　そんなの許せないよねえ？　僕がぜーんぶ喰ってあげようか？」

うふふと笑うジェリー・ビーから、妖しい気配が立ち上る。

ダメだ……このままじゃ大変なことになってしまう……

「ああもう誰か!!」

ナユラが鉄格子を叩いたその時――

「魔女様！　ご無事ですか!?」

王子たちを呼びに行ってくれたというナナ・シェトルが階段を駆け下りてきた。

「ああ！　おじい様！」

「おっと、ダメですよ。危ないですよ」

後ろから下りてきた召使のヤトが、襲われる祖父に駆け寄ろうとするナナ・シェトルを引き止める。

ナユラは思い切り顔をしかめて立ち上がった。

「あなたたち……やめなさい!!」

怒声が響くと同時に——空気が——光った。

次の瞬間、すさまじい突風が地下を駆け巡り、人々をなぎ倒した。

アーサーが手にしていた剣はぼろぼろと崩れ落ち、消えてしまう。

床に転がり呆然とする一同の前で、ナユラは深く息を吐きながら鉄格子に触れた。

鉄格子はたちまち腐食し、ざらざらと錆《さ》びて落ちた。

ナユラは足を踏み出し、牢を出た。

「疲れたわ、帰りましょう」

腰に手を当て、いつものように言う。

「美味しいご飯を作ってあげるから、帰りましょう」

すると王子たちはしばし放心し——オーウェンは素直に頷いて立ち上がり、ランディは苦笑まじりに立ち上がり、ルートは立ち上がってアーサーを起こそうと腕を引っ張り、アーサーはルートの腕を振り払って立ち上がり、ジェリー・ビーはナユラに向かって手を伸ばし、ナユラはジェリー・ビーを引っ張って立たせた。

「魔女様……このままで済むとお思いか……」

コーネフ総主教が苦悶の声を上げた。

王子たちは同時に彼を睨み、ランディが前に出た。

「コーネフ総主教、あなたは正しい。正しいが……何も分かっていないようだ。彼女を奪うというのなら、あなた方は……いや、この国は私たちの敵だ。あなたは私たちを敵に回したいのか？」

総主教はごくりと唾をのんだ。ランディの纏う気配は圧倒的で、支配者のそれだった。しかし、総主教は委縮しながらも果敢に口を開いた。

「話を聞いたとおっしゃいましたな。リンデンツが滅びてもいいと？」

「悪魔との契約か……くだらないな。そんなものがなくとも、わが国にはオーウェン兄上の開発した優れた魔術がある。悪魔の恵みがなくとも十分な作物を得ることは、近い将来可能になるだろう。そういうことを、教会はこの二百年一度も考えてこなかったということだ。そして現在の総主教たるあなたは、それを考える機会をどぶに捨てて私たちを敵に回そうとしている。稀《まれ》に見る凡愚《ぼんぐ》だな。どうやってその地位についたというんだ。くじ引きか？」

総主教は返す言葉を失った。

「貴様らは自分が何を敵に回したのか知った方がいい。悪魔の存在があろうがなかろうが、リンデンツ一つくらい滅ぼすのは簡単なことなんだ。我らはこの国のどこがどれだけ弱いか、全部知っていて、そこを突き崩す力を持っている。よく考えろ。国を滅ぼす者があるとすれば、それは魔女なんかではないということだ」

王子たちは一様に冷たい瞳で主教たちを見下ろしている。

「さて……これが最後の機会だ。あなたは魔女に何もしなかった。魔女もあなたに何もしない。それを事実として飲みこむか？」

ランディは血の通わぬ声で問うた。

総主教は床に跪いたまま恐怖に震えた。自分の一言がこの国の行く末を左右するというように……

痛く重たい沈黙が地下に染み渡り――

「そんな風に脅すのはやめなさいって」

ナユラがランディの尻を思い切り叩いた。

「……痛いじゃないか」

文句を言うランディを押しやり、ナユラはコーネフ総主教の前に膝をついた。

「私はあなたに、ちゃんと言うべきだったわ。一番初めに言うべきことを、私はあなたに言わなかった。私は……息子たちが生きているこのリンデンツを愛しているわ。だから、この国が平和で豊かであることを願ってる。それを信じてほしい」

真摯に告げる。

総主教は目を見張り、黙ってナユラを見つめ返していた。

いつまで経っても答えはなく、ナユラは諦めて立ち上がった。

「じゃあ、失礼するわ」

ナユラはそう言って、彼に背を向けた。

息子たちの背中を順に押しやり、地下から出てゆく。

魔女たちのいなくなった地下で、総主教はぽつりと言った。

「だから……そういうことではないのですよ……」

その声が魔女に届くことはなかった。


一行は教会を出て、通りを歩いてゆく。

すでに日が傾いていて、街は茜《あかね》の海に沈んでいた。

「今――私たちが襲われて全員死んだら、リンデンツは滅ぶのですね」

最後尾にいたオーウェンが言った。

彼らは本当に全部話を聞いてしまったようだ。

ナユラは振り返り、そこにいる面々を見て気が遠くなった。

王子と王妃がそろって街中をうろついている。こんなおかしな状況はそうそうないだろう。確かに今ここで全員死んだら……それはそれは大変なことになる。

「ええ、それは全部私がやったことなの。私があなたたちの祖先に、その力を与えてしまったのよ」

「まあ、それはどうでもいいよ」

ランディが言った。ナユラは唖然とする。

「どうでもいいわけないでしょう？　あなたたちの魂は、悪魔に捧げられてしまったのよ？」

「死後の話だろう？　どうでもいいことだよ。死後の世界に救いを求めるのは生を苦しむ者のやることで、俺たちがやることじゃない」

「悪魔は魔術と密接な関係がありますから、死後悪魔に会えるならそれはそれで楽しみというか、ラッキーです」

オーウェンまでそんなことを言う。

「僕はとっくに悪魔だしぃ」

ジェリー・ビーも軽口を叩く。

「いや、あなたたち……もうちょっと考えて……って、言うだけ無駄ね。あなたたちはそういう奴らだったわね」

ナユラは額を押さえて嘆息した。

「まあまあ、そういう些細《ささい》な話は置いておくとして、早く王宮へ帰りましょう。みなが心配しているでしょうから」

　ルートが不謹慎なほど朗らかに言った。

「あ、そうよ！　あなたたちどうやって王宮を抜け出したの？」

　その問いに、オーウェンが目をキラッとさせて手を上げた。

「緊急事態で急いでいましたから、私がマンドレイクを暴走させて、王宮の外壁を壊して、騒ぎになっている隙に」

「なんてことを……」

　ナユラはくらっとした。その時――

「どれも全部どうでもいい。くだらない」

　仏頂面をしていたアーサーが言った。

「修理が大変でしょうが」

「そうじゃない。俺たちの魂がどうなるとか……国が滅ぶとか滅ばないとか……そんなことはどうでもいい、俺らにとっては。でも、お前にとっては違ったのか？　お前は罪滅ぼしでこの国を守るために、俺たちと過ごしてきたのか？」

　ナユラは思わず立ち止まった。これ以上、彼らを騙すわけにはいかなかった。

「……ごめんなさい」

こぼした謝罪に彼らが息を詰める。

「正直に言うわ、私……この国を守ろうなんて考えは少しもなかった。自分がやったことの責任を取ろうと思ったわけでもない。ただ……人を愛してみたかったの。それがどういうものか知りたかったの。私はとても身勝手で、自分のことしか考えてなかった。綺麗な理由なんかじゃなかったわ。私はただ……あなたたちを愛するためにここへ来たのよ。軽蔑しても、かまわないわ」

ナユラは正直に、告げた。

これほど無責任なことはないだろう。この国を悪魔の呪いに沈めておいて……彼らを悪魔の生贄にしておいて……その責めも負わずただ自分の望みのためだけにこの場所で過ごしてきた。

外道は自分か……

そう責められることも覚悟で、ナユラは彼らを見返した。

王子たちは、ぽかんとして立ち尽くしていた。あまりの身勝手に呆れかえっているのかもしれない。

夕日の色はどこまでも赤かった。それに照らされた彼らの姿も……。その沈黙にナユラが耐えていると——

「馬鹿じゃないのか……」

アーサーが低く唸るように言った。

「うふっ、ナユラってばほんと馬鹿」

ジェリー・ビーもそう言って笑う。

「馬鹿というのは失礼だよ。ちょっと、思慮が浅かっただけというか……」

ルートがとりなす。逆に酷い。

「いや、馬鹿だろう」

ランディは呆れた様子だ。

「先生は聡明ですが……少々愚蒙《ぐもう》だったかと……」

オーウェンが一番酷い！

「ちょっと言い方気を付けて」

「もういい、馬鹿馬鹿しい。お前はただ、俺たちを好きだってだけなんだろ」

「うん、まあ……そうよ。あなたたちは本当に厄介で面倒で万年反抗期の問題児で、毎日毎日尻拭いさせられて冗談じゃないと思ってるけど……愛してるわ」

「なら、いい」

アーサーは納得したらしかった。

ちょうどそこで、通りの向こうから王宮の衛兵たちが駆けてきた。いなくなった王子を必死に捜していたのだろう。

「ほら、迎えが来たわよ。みんなで謝りましょう」

ナユラがそう言って歩き出すと、

「ねえ、ナユラ。きみだけだよ、僕らを良い子にしておけるのは」

ジェリー・ビーが言った。

「だからきみは最後まで僕らの傍にいなくちゃいけない。ずっと僕らを見ていなくちゃいけない。僕らだけの魔女じゃなくちゃいけない」

「……あなたたちが良い子だった時なんてあったっけ？」

ナユラは呆れたように嘆息し、笑った。

「そうね、あなたたちがそう言ってくれるなら、私も腹を括るわ。あなたたちが幸せになるのを最後まで見届ける。だからやっぱり……最高のお嫁さん探しをがんばらなくちゃね！」

ぐっと拳を固めた。

「え!?」

五人の王子たちは、何故か同時に素っ頓狂な声を上げた。

終章

王宮に戻り、いつも通り食事を終えて、ナユラが自分の部屋へ戻ろうと階段を上がっている途中――

「魔女様、マジで危機一髪でしたね」

後ろをついて階段をのぼりながら召使のヤトが言った。

「本当にね、殺されるところだったわ」

さっきのことを思い出してナユラは言った。死ぬと思ったことは今までそうないと思う。貴重な経験ではあった。

「俺が駆けつけて嬉しかったですか？」

「何でよ」

部屋に戻ると、ナユラはソファにどすんと座った。

とても疲れていた。頭も混乱していて、これ以上考えるのは無理だった。それなのに、さっきの光景が何度も何度も頭に浮かぶ。

「あの子たち、私が何をしたか知っても全然態度を変えなかったわ。本当は色々思うところがあるのかもしれないけど、それを表に出さなかった」

ナユラを気遣っていたのだろう。

「いや、あの王子様たちはふつーにどうでもいいと思ってたんじゃないですかね」

ヤトは肩をすくめた。

「魔女様が今までに百万人殺してたって、ふーんで済ませるでしょうよ」

「さすがにそこまでは…………やってないわよ」

「なんすか今の間、こわ」

嫌な顔をするヤトから顔を背け、もうソファで眠ってしまおうかと考えた時——

「魔女様、本当は俺が駆けつけて嬉しかったでしょう？」

「……何でよ」

「俺の顔を見た時、屈辱的だという顔をした。魔術を使う条件がそろって嬉しかったんだろ？　あなたの魔力は俺が封じた。俺が傍にいないとあなたは魔術を使えない」

ヤトはくっくと嘲笑《あざわら》った。

ナユラは顔をしかめて彼を睨み上げる。

「楽しそうだな……やはりお前だったのか、奴らを操って私を殺させようとしたのは……」

「何故そう思う？」

ヤトは目の前のローテーブルに座った。

「奴らは私が魔術を使える条件を知っていた。だからわざわざ私一人を呼び出して捕らえたのだ。条件を知っているのは、術者であるお前だけだ」

どう近づいたのかは知らないが、おそらく内密に接触して魔女への不信感を煽《あお》ったのだろう。魔女の魔力を封じたまま殺す術《すべ》も、教えたに違いない。王子と魔女を引き離したかった彼らとヤトの利害が一致したのだ。

「気づいたか」

「気づかないわけがないだろう。お前は私の召使だ」

魔女の召使……それは使い魔と呼ばれる存在だ。ナユラと同じ漆黒の髪に闇色の瞳を持つ、ナユラの使い魔……それが彼だ。

「怒らないんだな」

「別に怒る理由がない。そもそも、お前は百年私に仕えている使い魔のくせに、私を裏切って魔力を封じた不忠者だからな」

ナユラがそう言った途端、ヤトはテーブルに座ったまま、ナユラの座るソファの横――背もたれを激しく蹴った。鈍い音がして、ソファがきしむ。

「全部お前のせいだろ、北の森の魔女」

彼はソファに足をついたまま言った。黒い瞳に憎悪の炎がちらつく。

「ああ、全て私が悪い。だからどうした？」

ナユラが顔色一つ変えずに聞き返すと、ヤトは怒りを隠し、足を下ろした。そしてうっすらと危うい笑みを浮かべる。

「そうだな……あなたはそういう生き物だった。だから俺はあなたの魔力を封じたんだ。これは死ぬまで返さない」

彼は手を伸ばし、ナユラの腕をつかんで引き寄せた。彼の黒く燃える瞳の中に、ナユラの闇色の瞳が映っていた。

「あなたはもう二度と、俺の許しなく魔術を使うことはできないんだよ。全部俺の手の中だ。可哀想な……俺の魔女様」

―本書のプロフィール―

本書は書き下ろしです。

小学館文庫

王妃《おうひ》になった魔女様《まじょさま》は五人《ごにん》の王子《おうじ》に溺愛《できあい》される

著者 宮野美嘉《みやのみか》

二〇二三年十二月十一日 初版第一刷発行

発行人 庄野 樹
発行所 株式会社 小学館
〒一〇一-八〇〇一
東京都千代田区一ツ橋二-三-一
電話 編集〇三-三二三〇-五六一六
販売〇三-五二八一-三五五五
印刷所——中央精版印刷株式会社

ISBN978-4-09-407313-3